LA CANCIÓN DE ALBA

Benjamín Zafra

LA CANCIÓN DE ALBA

temas'de hoy. TH NOVELA

El papel utilizado para la impresión de este libro
es cien por cien libre de cloro
y está calificado como **papel ecológico**

La canción de Alba, novela basada en *El Secreto de Puente Viejo*,
una serie de televisión creada y producida por Ida y Vuelta para Antena 3
Creada por: Aurora Guerra
Supervisión de los contenidos del libro: Josep Cister Rubio
Escrita por: Benjamín Zafra, a partir de la idea original de Aurora Guerra

Ediciones Temas de Hoy es un sello editorial de Ediciones Planeta Madrid, S. A.
Paseo de Recoletos, 4. 28001 Madrid
www.temasdehoy.es
Primera edición: noviembre de 2011
ISBN: 978-84-9998-052-2
Depósito legal: Na. 3.133-2011
Preimpresión: J. A. Diseño Editorial, S. L.
Impresión: Rotativas de Estella, S. L.

Printed in Spain-Impreso en España

ÍNDICE

PRIMERA PARTE

PRIMERA PARTE

[illegible]

[illegible]

[illegible]

I

Se trataba de una imagen desconcertante y —ciertamente— extraña. No era tanto que pareciese fuera de lugar, pero desde luego resultaba inusual encontrarse con esa elegante figura femenina en medio de aquel camino inhóspito. Su porte delicado y su impecable vestimenta hacían de ella una presencia casi irreal en un entorno tan severo. Y sin embargo, se desenvolvía con una naturalidad extraordinaria. Parecía de ese tipo de personas capaces de manejarse con distinción en cualquier lugar y circunstancia. Sus botas no tropezaban con las rocas, sino que se apoyaban, certeras, encontrando sin dificultad el terreno firme entre los afilados guijarros y los resbaladizos restos de las primeras nieves.

Y a pesar de ser una estampa inusual, su estilizada silueta daba un sentido armónico a aquel agreste paraje, de manera que su presencia allí no se diría fruto del azar, sino más bien el intencionado producto de la mano de un artista de sensibilidad exquisita, que, buscando una composición perfecta, había introducido aquellas nítidas pinceladas de color azul zafiro en su vestido, en contraste con el difuminado paisaje ocre.

Nada parecía detenerla. Ascendía constante por el empinado repecho que conducía al final de la cuesta, con pequeños pasos pero sin aparentes signos de cansancio. Una vez arriba se detuvo, tomó aire y contempló el frío paisaje que se extendía ante sus ojos.

Era una imagen difusa, que trataba de hacerse límpida a través del humo que emanaba de las incontables chimeneas de aquel caótico damero de tejados. Allí mismo, delante de ella, escondido entre las oscuras montañas y protegido por el olvido del mundo, se alzaba Puente Viejo, inalterable y pétreo, sin el menor asomo de cambio desde la primera y única vez que pisó sus calles, muchos años atrás.

—¡Doña Águeda! ¡Eh, señora...!

Tardó un momento en darse cuenta de que se referían a ella. La fascinación de las desiguales piedras que moldeaban aquellas primitivas casas la había transportado a otro tiempo y a otro viaje. Todavía se demoró unos instantes más antes de volver la cabeza para reparar en como su criado Jeromo la llamaba desde la parte inferior de la cuesta, haciendo aspavientos con los brazos.

—¡Doña Águeda, vuelva! El cochero dice que este arreglo va para largo.

Allí abajo, inclinada de un modo grotesco, una elegante calesa le recordaba de dónde venía. Junto a ella, el cochero se afanaba por colocar la rueda en el eje, mientras que Jeromo, que hasta ahora le había ayudado en esta afanosa tarea, le abandonaba para acercarse a su ama y ponerla al tanto de la situación.

—Doña Águeda —comenzó el criado resollando tras alcanzarla—, si me lo permite, creo que debería dejarme desenganchar la montura más rápida y acercarme al pueblo para pedir ayuda. De otro modo, es poco probable que podamos tener la rueda reparada antes de que caiga la noche. Le sugiero que vuelva a la calesa y trate de guarecerse en ella hasta mi regreso.

Todavía se acercó más para susurrarle con discreción:

—Tenga en cuenta que este no parece un lugar adecuado para que una señora de su posición pasee sola. Sería recomendable, además, que tratara de guardar reposo, no sabemos qué consecuencias puede haber causado nuestro accidente en su salud.

Ella asintió, no quería discutir. Se limitó a observar como Jeromo bajaba la cuesta de nuevo y procedía a quitarle el yugo al caballo guía.

Paciente, volvió su vista al lejano pueblo. «Te haces de rogar, como siempre. Sabía que no me lo pondrías fácil para llegar a ti. No lo hiciste en el pasado y ahora no iba a ser diferente. Pero estoy demasiado cerca y lo sabes. Esta vez no te vas a escapar.»

2

Olmo Mesía pasaba las manoseadas páginas de un diario, ya cumplido, sentado en una discreta mesa de lo que, en su opinión, no era más que un tugurio de mala muerte. A través de la ventana de cristales llorosos se vislumbraba la polvorienta plaza de Puente Viejo. Olmo miraba a través de ella de cuando en cuando, tratando de no perder detalle de la actividad del pueblo.

Ese día no había mercado, algo bastante inusual, sin duda, y por eso el ajetreo era menor que el acostumbrado. Solo pululaban algunos aldeanos, todos de riguroso y gastado negro, caminando sin prisa, consumiendo las últimas horas de la tarde antes de recogerse en sus casas.

Bajó la vista al diario y reparó en el pequeño anuncio que pregonaba la gran novedad del momento: un reloj avisador de bolsillo. ¿Quién podría necesitar un reloj con avisador en Puente Viejo? Un pueblo castellano-leonés donde el tiempo permanecía inmóvil. Su recuento carecía de sentido. Nadie respetaba la más mínima puntualidad y las únicas referencias temporales que parecían afectar a sus habitantes eran el canto del gallo y el roto tañido de las campanas.

Cerró el diario y sacó su reloj. No tenía uno de esos avisadores. «Ni falta que hace», pensó. Quien debería comprarse uno era Salazar, que se retrasaba ya más de una hora. La falta de interés comercial de los terratenientes de la zona le exasperaba. El mundo avanzaba montado en una locomotora de vapor mientras que los habitantes de aquel poblado aún semejaban desplazarse a lomos de un mulo. Y de un mulo viejo y cansado, para más inri. Solo una persona parecía saltarse esa norma, y justo tenía vedado hacer negocios con ella.

«Pero tampoco estoy aquí para opinar», pensó mientras apuraba el café mezclado con achicoria. Otra delicia local de Puente Viejo de la que Olmo hubiera preferido prescindir. Sin embargo, si hubiera llamado a la muchacha que se lo sirvió y le hubiera aclarado que él acostumbraba a tomar el café sin adulterar, probablemente habría despertado cierta curiosidad no deseada entre el resto de los parroquianos, por no hablar de la casi inevitable irritación de la joven mesonera. La cosa es que ese sabor tampoco le desagradaba. «Hasta para desvirtuar correctamente hay que tener buen gusto», concluyó.

Quería castigar al señor Salazar por su retraso, y no se le ocurrió mejor manera de hacerlo que pedir otro café, no sin antes especificar a la mesonera que no quería que se llevaran el tazón anterior. En el severo mundo del que Olmo procedía, la presencia de dos tazas con restos de café sobre una mesa solo podía pretender la humillación del recién llegado, que veía así delatada la indolencia de su retraso. No obstante, esa petición no debió de parecerle a la mesonera lo bastante clara, ya que recogió la mesa, dispuesta, mientras aseguraba que hacerlo tampoco le suponía ninguna molestia.

Aunque Olmo se tenía a sí mismo por un hombre muy resuelto, en aquel instante no encontró ningún argumento para replicar a la muchacha, que desapareció llevándose el tazón; ese tazón que para él estaba dotado de tan importante valor testimonial.

Su frustración no le duró mucho. Por la ventana vio entrar en la plaza no al ansiado señor Salazar, sino a alguien que, al contrario que este, se presentaba mucho antes de lo esperado. Olmo se levantó apresuradamente y, ante la atenta mirada de los pocos parroquianos que había en el local, salió resuelto en dirección a la elegante señora vestida de azul zafiro que acababa de aparecer en la plaza de Puente Viejo.

Logró abordarla antes de que su vistosa apariencia llamara mucho la atención. La tomó del brazo con disimulo y la llevó a toda prisa a una calle aledaña, más discreta, donde trató de ocultar su propia alarma.

—¿Se puede saber qué hace aquí? Acordamos que no se presentaría en el pueblo hasta que yo considerara que era el momento oportuno. Le dije que enviaría una nota cuando llegase la hora.

—Siento que mi visita te haya resultado tan sorpresiva, pero tu última carta no era nada tranquilizadora, así que opté por cambiar de planes. Lamento haberlo hecho sin consultártelo, pero convendrás en que las circunstancias demandaban mi presencia.

—¿Cambiar de planes?

Los esquemas de Olmo se desmoronaban. No comprendía que una ligera inquietud fuese motivo suficiente para presentarse en Puente Viejo de ese modo. Llevaba meses midiendo sus palabras, actuando con extrema discreción, formando en torno a su persona una sólida y reservada imagen que la inoportuna presencia de doña Águeda amenazaba con desbaratar.

—¿Y su carruaje? ¿Dónde están sus criados?

La retahíla de reproches de Olmo parecía no tener fin. Estaba realmente alterado. Si lo que pretendía era pasar desapercibido, el resultado de su alterado comportamiento estaba siendo justo el contrario. Más de un aldeano de la plaza ya se había vuelto para observar sin reparo cómo discutía esa peculiar pareja de forasteros. Incluso Emilia Ulloa, la posadera, le miraba a través de la ventana de la casa de comidas, con un nuevo tazón de café caliente en la mano.

—¡Por Dios!, tampoco estaba en mis planes venir hasta aquí caminando —se defendía doña Águeda—. Nuestra calesa tuvo un pequeño contratiempo. Mandé a Jeromo a pedir ayuda, pero en vista de su retraso, no quise permanecer más tiempo de brazos cruzados y opté por llegarme hasta aquí a pie.

Olmo no daba crédito a sus oídos. ¿Cuánto había caminado? ¿Y por qué había abandonado la seguridad del carruaje por unos inhóspitos caminos donde sin duda el menor de los peligros era extraviarse?

—Además, el cochero no me parecía una persona de fiar. —Doña Águeda parecía tener argumentos para todo—. Francamente, creo que estoy más segura aquí, contigo.

—¿El cochero? —Olmo no comprendía nada—. ¿Por qué no ha venido aquí en su carroza?

—Tal y como tú has dicho, se trataba de hacer las cosas con discreción. Además, nuestro carruaje no podría haber pasado por esos caminos tan estrechos, y de haberlo hecho seguramente habría corrido la misma suerte que esa pobre calesa. ¿Todos los accesos al pueblo son tan atroces? No sé cómo nos apañaremos para hacer traer el resto de nuestros bártulos. —Sin duda, doña Águeda sabía cómo cambiar de tema para evitar debates agotadores—. En mi vida he visto un terreno más irregular y con tantos baches. Las autoridades deberían ponerse manos a la obra cuanto antes.

Olmo estuvo tentado de improvisar una respuesta, de no ser porque enseguida comprendió que, una vez más, doña Águeda se comportaba como una niña revoltosa que trataba de desviar la atención de su travesura. En lugar de eso, mantuvo la cabeza fría.

—No debería haberse presentado en el pueblo… y menos de esa forma, sin carruaje y vestida así. La fiesta de Todos los Santos fue hace apenas dos días. No sé si lo ha percibido, pero Puente Viejo es un lugar anticuado en extremo. —Olmo comenzó a susurrar, percibiendo por primera vez las curiosas miradas de los aldeanos a su alrededor—. Por estos lares la gente es bastante cerril con las tradiciones, y sin duda verán una provocación en su aspecto. En el tiempo que llevo aquí, he constatado que la población es extremadamente ferviente y no me extrañaría nada que tomaran su atuendo como una falta de respeto para con sus muertos.

Esta tenebrosa alusión cambió el semblante de doña Águeda. Si hasta ahora se había mantenido a la defensiva, casi divertida en su búsqueda de excusas para justificar su comportamiento, ahora el tiempo de las disculpas parecía haber pasado. Grave, clavó su penetrante mirada en Olmo y le habló muy despacio, sin moverse un ápice.

—Te recomiendo que no te alteres tanto, querido. Si he llegado en un día como hoy, no ha sido para poder probar los boniatos ni los pestiños de Difuntos. No soy una persona frívola y tú mejor que nadie deberías saberlo. Comprendo a esta gente mucho mejor de lo que te imaginas. De hecho, si estoy aquí, es precisamente para encontrar a una persona a la que creía muerta.

Olmo apretó las mandíbulas y miró a ambos lados. A veces, después de tantos años, todavía le costaba saber si, con sus pullas, doña Águeda bromeaba o le hablaba en serio. Por su semblante estaba claro que en este momento no estaba haciendo ningún chascarrillo.

Por eso mismo le irritaba que pusiera en duda su compromiso; que le recordara los motivos que los habían llevado hasta allí. Precisamente a él, que había sido su sabueso durante años, que había postergado aspectos esenciales de su vida para ayudarla en su ansiada búsqueda. Y precisamente por eso le extrañaba que ahora, cuando estaban tan cerca de su conclusión, ella se aventurara a perder su anhelado objetivo exponiéndose de esa manera.

Y sin embargo, Águeda parecía convencida de tener razones de sobra para estar allí.

—A mí también me disgusta perder el tiempo. Dime dónde está y dejemos de discutir aquí, a la vista de todos.

Olmo volvió a tensarse. Si había algo que le disgustaba sobremanera era que le reprocharan el haber hecho o dicho algo mal. Y ahora se arriesgaba a que eso sucediera.

—Es que… Lo siento, señora —titubeó—, pero la verdad es que lleva unos días fuera del pueblo.

—¿Qué? —La que parecía alterada ahora era doña Águeda. No podía entender cómo Olmo no le había puesto al tanto de esta novedad. Las consecuencias podían ser gravísimas—. ¿No la habremos perdido después de tantos años?

Olmo negó con la cabeza.

—Sabemos perfectamente dónde se encuentra. Y si no hemos intervenido hasta ahora, ha sido porque antes de hacerlo debíamos estudiar la situación y valorar la conveniencia de mostrarnos o no ante ella.

Las palabras de Olmo no tranquilizaron a doña Águeda en absoluto. Cuando hablaba en plural era sin duda porque quería evadirse de la responsabilidad. Algo grave sucedía cuando le costaba tanto revelarlo.

—No se trata de nada serio —exponía con cierto reparo—. Parece que le ha sucedido algo. Nada que ponga en peligro su vida, desde luego, pero... podría decirse que a causa de este revés hemos desandado parte del camino.

—Déjate de rodeos y cuéntame de una vez qué ha pasado.

Olmo tragó saliva y se dispuso a hablar por fin.

—Al parecer, quedó bastante afectada tras un alumbramiento complicado. De hecho, según las informaciones a las que pude acceder, tanto la madre como el bebé murieron durante el parto.

—Dios santo. ¿Dónde está ella?

Doña Águeda se hallaba verdaderamente angustiada. Él hizo lo posible por tranquilizarla. Lo de menos era ya que llamaran la atención.

—Estuvo desaparecida unos días. Pero hice mis averiguaciones, por supuesto. —Olmo parecía de veras preocupado por cómo se tomaría la mujer las novedades—. Tras escuchar un rumor hice mis pesquisas y esta misma mañana me han confirmado que se encuentra en las montañas.

—¡Le perdiste la pista! Pretendes que confíe en ti y en cuanto me doy la vuelta desaparece ante tus narices. —La dulce señora que minutos antes se había presentado sonriente en Puente Viejo parecía ahora transfigurada por la ira—. ¿Qué te han confirmado esos rumores de tasca? ¿Dónde está ella?

—Un cabrero la encontró… tirada en mitad de un camino, cerca del bosque. —Olmo estaba hecho un manojo de nervios—. Ese hombre, Marcial se llama, la llevó a uno de los chozos donde esta gente se protege de los fríos del invierno. Se trata de un lugar escarpado, de difícil acceso, de esos que tanto abundan por estas tierras.

—¿Dices que está en un lugar perdido en medio del monte acompañada de un palurdo desdentado? ¿Cómo quieres que eso me tranquilice? Dios mío, tengo que ir a verla. —Águeda estaba dispuesta a partir en su búsqueda inmediatamente, miraba a un lado y a otro de la plaza, desolada, sin saber qué dirección tomar—. ¡Dime que sabes dónde está Pepa!

Durante un instante, Olmo se olvidó de sus impecables modales y la mandó callar con un fuerte siseo. Ambos se dieron cuenta de que era la primera vez que Águeda decía aquel nombre desde que había llegado.

En los últimos meses, Pepa había sido prácticamente su único tema de conversación, pero nombrarla allí, donde todos los vecinos podían conocerla, parecía tremendamente arriesgado para sus objetivos. La propia Águeda se dio cuenta de que no debería haberlo hecho. Esta pausa en la conversación supuso un respiro para Olmo, que por fin pudo organizar sus ideas.

—Sí, claro que sé dónde está —explicó con más calma—. Le pagué unas monedas a ese cabrero para que me llevara hasta su refugio. Y en efecto, allí estaba… Pepa. —Él sí susurró su nombre—. Su estado era prácticamente letárgico. Según me contó el cabrero, llevaba varios días así. Me aseguró que él le daba de beber leche mojada en un trapo siempre que pasaba por allí y según pude comprobar al examinarla, no tenía mal aspecto. Parecía medio dormida. Ni siquiera estaba inconsciente. Simplemente, daba la impresión de que no quería despertar.

—Dios mío. —Doña Águeda sintió que el mundo se derrumbaba a

sus pies. Olmo la sujetó para no dejarla caer, pero fue más que nada un conato de vahído, provocado por el descorazonador relato.

—La situación no me pareció tan grave como para intervenir. Por eso le escribí alertándola, pero no esperaba verla aparecer por aquí tan pronto. De hecho, aguardaba una respuesta por carta aconsejándome cómo actuar. Si nuestra nueva casa estuviera lista, quizá me hubiera planteado trasladarla allí, pero ese detestable de Salazar lleva días dándome largas, y bajarla al pueblo hubiera sido tremendamente indiscreto.

—Al cuerno con la discreción —espetó la mujer—. Llévame allí ahora mismo.

3

La mujer caminaba por la montaña a paso ligero. Como Olmo le había adelantado, se trataba de un lugar de acceso complicado, pero ni la nieve ni la pendiente parecían hacerle aminorar su apresurado ritmo. El esfuerzo por encontrar a Pepa cuanto antes perlaba de sudor su frente, y a pesar de la fiebre que sentía en su interior, le parecía que aquel viento limpio y gélido estaba armado de finas cuchillas que le cortaban el rostro. La urgencia de llegar hasta ella le hacía ignorar que a cada paso que daba sus botas se hundían de un modo más profundo en la nieve.

Detrás de doña Águeda, Olmo y Marcial, el cabrero, trataban de alcanzarla y a duras penas lo conseguían.

—La señora no estará pensando que le he hecho nada malo, ¿no? Porque he cuidado de ella lo mejor que he podido —argumentaba Marcial—. De hecho, si no fuera por mí, todavía seguiría en aquel camino donde la encontré tirada, más tiesa que la mojama y cubierta por la escarcha, o quizá devorada por los lobos...

Olmo aguantaba con paciencia la cháchara del cabrero. Procuraba no alejarse de su lado no porque le agradara su compañía, sino porque sabía que era él, y no doña Águeda, quien conocía el camino que llevaba al chozo.

—Me darán unos reales cuando lleguemos, ¿verdad? —Se resistía a no sacar beneficio de esta buena acción que había hecho días atrás. Una cosa era ser un samaritano ejemplar con Pepa, que siempre se había portado bien con él, y otra muy distinta dejar pasar una oportunidad como esta de aligerar un poco las bolsas de esos elegantes señores.

Ajena a la conversación de ambos, doña Águeda entornó la vista sin dejar de avanzar y dio por fin con su ansiado objetivo. Se detuvo para girarse jadeante, y gritar a los que venían detrás:

—¿Es ese su chozo, señor cabrero?

—Marcial, me llamo Marcial, para servirla a usted, señora. —El cabrero completó su galante presentación con una amplia sonrisa desdentada—. Su criado me ha asegurado que me dará una recompensa cuando lleguemos allí. ¿Es eso cierto, señora?

Marcial corrió hasta ella, dejando atrás a un compungido Olmo que se preguntaba qué había dicho o hecho para que ese hombre le hubiera tomado por un simple criado.

Águeda llegó hasta la entrada del chozo, preocupada. El lugar no le gustaba en absoluto; era poco más que una mancha en medio de la nieve. Dos pilares de rocas servían de entrada a la pequeña construcción, y un tejado de ramas era su único resguardo. Apenas se trataba de una diminuta montaña artificial que pasaría desapercibida para cualquiera que no la fuese buscando con la suficiente atención.

Al ver que la señora se disponía a entrar, Marcial se interpuso en su camino, alarmado sin duda al ver peligrar su recompensa una vez descubierto el lamentable estado del interior.

—Está todo sucio y apestoso, señora. Ella también lo está, y no me extraña porque no ha salido ni a hacer sus necesidades.

Águeda ignoró el comentario y entró. Y una vez allí se quedó petrificada por el penetrante olor. El cabrero había mentido: ese olor no lo había provocado Pepa en unos días; ese olor llevaba años instalado allí. Era un olor a rancio y a podredumbre, una mezcla de intenso sudor humano y animal, reforzado con el aroma ácido de los quesos que en su momento habían fermentado dentro. Casi era un alivio aspirar un poco del asfixiante humo de las brasas que había en el centro. «Al menos no ha muerto de frío», pensó doña Águeda.

Pese al reducido espacio, aún tardó un instante eterno en localizar el bulto. Se arrodilló ante ella, rápidamente, y la observó preocupada. Lo que tenía ante sí era un frágil cuerpo femenino mal tapado, sucio y desnutrido. Su respiración, rápida y jadeante, apenas elevaba el pecho de la joven. Doña Águeda se temía lo peor. «Dios mío, se está muriendo. Se va a morir ante mis propios ojos sin que pueda hacer nada para evitarlo.»

Se acercó a ella y le quitó el pelo de la cara; lo tenía húmedo, pegado a la frente, que ardía. Costaba identificar su rostro bajo esa capa de barro, tizne y ceniza, pero a pesar de la suciedad, se adivinaban unos rasgos delicados, cincelados con una finura muy poco habitual en el resto de los rostros que doña Águeda había visto desde su llegada a Puente Viejo.

Sin duda alguna, era ella. Pepa. Su Pepa. Pero la alegría del descubrimiento no podía distraerla de la urgencia. Le puso la mano sobre la frente y comprobó que, por fortuna, la fiebre de la muchacha no era tan alta como se imaginaba. Era obvio que se trataba de una chica muy fuerte.

Y fue en ese momento cuando por fin doña Águeda recuperó la respiración que hasta entonces había mantenido en vilo, y pudo examinar con atención el rostro macilento de la chiquilla. «Qué desastre», pensó al reparar en sus labios agrietados, con la sangre reseca y oscura aún por limpiar; o en sus ojos almendrados, ahora cubiertos por unas sucias legañas que delataban, junto con los chorretones en sus mejillas, la inimaginable cantidad de lágrimas que la pobre había vertido.

—Pero ¿cómo han podido tenerte así? —A doña Águeda se le partía el corazón al verla en ese estado, en medio de toda aquella podredumbre, al lado de varios cuezos con leche reseca, rodeada de mondas de patata y de algunas otras ya a medio brotar, y junto a aquel ridículo cuerno de vaca usado a modo de aceitero.

—Me hubiera gustado tratarla mejor, señora —trataba de justificarse el cabrero—. Qué más hubiera querido yo que poder hacerlo, pero…

—¡No hablo con usted, señor cabrero! —Doña Águeda intentaba controlar el hilo de voz que salía de su garganta para que no se le partiera, de pura rabia y pena, pero era inútil ocultar que estaba a punto de romper a llorar.

—Marcial, señora. Me llamo Marcial.

—Cállese, por favor —pidió Olmo, seguro de ser él el objeto de los reproches lanzados—. Lo siento mucho, madre.

El cabrero se giró hacia él, sin duda desconcertado al conocer el vínculo familiar que los unía. Jamás lo habría sospechado. La señora se le antojaba demasiado joven para el estirado caballero que él había tomado por miembro de su servicio.

—Le aseguro que traté de mantener la situación bajo control —hizo por justificarse Olmo, pero sus excusas eran balbuceantes—. Ya le he explicado por qué no la saqué de aquí. Usted insistió mucho en llevar las cosas a su manera, en encontrar el momento adecuado para presentarse ante ella...

Sin duda, el joven tenía muchas cosas que decir al respecto, pero la presencia del cabrero le incomodaba. Le invitó a marcharse.

—Por favor, si no le importa…

—¿Cómo no ha de importarme? Vivo aquí.

—No tienes ningún derecho a echarle. Si no fuera por él, ahora ella estaría muerta —se arrancó por fin doña Águeda—. Tenlo en cuenta la próxima vez que tus excesivos escrúpulos te impidan actuar correctamente. Su vida podía estar en un serio peligro y tú te limitaste a enviar una nota.

Olmo aguantó la reprimenda con entereza. Le hubiera encantado decirle que en el fondo su cometido siempre fue, simple y llanamente, el acatar sus órdenes con tanta escrupulosidad como le fuera posible, y que su capacidad de maniobra en todo momento había sido limitada.

Le hubiera encantado explicárselo a ella, pero en aquel instante doña Águeda no parecía ya una persona razonable.

—A veces tengo la sensación, hijo —concluyó, cruel—, de que lo que te pasa en realidad es que nunca has querido dar con ella.

—Lo siento mucho, señora.

Olmo hervía por dentro. ¿Por qué le trataba así? ¿Por qué ignoraba que había removido cielo y tierra para encontrarla? ¿Acaso no sabía que a pesar de la providencial presencia del cabrero, de no haber sido por sus innumerables esfuerzos, ella jamás habría localizado a la chica? La única explicación posible era, una vez más, que doña Águeda no le tenía demasiado aprecio.

Ajena a la congoja de Olmo, doña Águeda rebuscó en su escarcela y sacó una petaca de peltre, que acercó a los magullados labios de Pepa para que bebiera aunque fuese un sorbo de licor. Estaba claro que ella también tenía sus remedios caseros y en este momento su intención era hacerla entrar en calor como fuera.

—Vamos, pequeña, vamos.

El olor del alcohol provocó la rápida reacción de Pepa, que arrugó la nariz y selló la boca, provocando que la mayor parte del líquido se le derramara por la mejilla. Se arqueó con expresión de disgusto y aquello indicó a doña Águeda que al menos una pequeña porción de la bebida estaba calentando su interior.

—Mi niña, reacciona, por favor. —Tomó las manos de la chica. Las unió entre sí y, colocando las suyas sobre ellas, comenzó a frotarlas con fuerza. El tacto frío de Pepa parecía preocuparla. Se giró hacia Olmo, desesperada—: Hay que hacerla entrar en calor enseguida. Por favor, dale algo de dinero a este cabrero…, Marcial, y que baje al pueblo a por ayuda.

—No querrá, señora —apostilló Marcial—. Ya lo intentamos en su día y no hubo manera.

Doña Águeda insistió.

—En cualquier caso, trae algo de leña para calentar este lugar. No puede seguir en este estado. ¿De dónde viene ese olor tan desagradable? —La mujer giró la cabeza a un lado y a otro hasta dar con el origen del hedor. Se trataba de una especie de tripa embadurnada en ceniza que colgaba de un gancho pendiente del techo—. ¿Qué es eso?

—Es el buche de un cabrito de leche —repuso Marcial—. He vendido la carne a los Ulloa y he aprovechado que acababa de mamar para sacar el cuajo del queso.

—¿El cuajo del queso? —Para Olmo, era como si hablase en chino.

—Sí, señor, ya verán qué queso más bueno hago luego con eso.

—Espero que no. Por favor, sáquelo de aquí y haga lo que la señora le ha mandado —ordenó Olmo—. Yo le daré dinero para los recados.

—Pero, señor, si lo dejo fuera vendrán las moscas.

—Ya le he dicho que le daré el dinero que necesite. Salga, por favor.

La referencia de Olmo al dinero prometido apaciguó las inquietudes de orden práctico de Marcial, que comenzó a descolgar la tripa para llevársela fuera.

Doña Águeda no dejaba de frotar las manos de Pepa de un modo casi frenético, como si el hecho de estar en constante movimiento, de no detenerse, pudiera asegurar que Pepa seguiría viva. Tomó los dedos mugrientos de la muchacha y los besó. Al hacerlo, una lágrima rodó por sus mejillas.

—Dios mío, Alba, ¿qué te ha pasado?

El cabrero escuchó esto cuando ya salía del chozo. No entendía por qué esa señora la llamaba así: ella era Pepa, la partera del pueblo. Estuvo tentado de intervenir, pero el miedo a perder la ansiada recompensa le llevó a actuar con una cautela inusual en él y a salir de allí sin hacer el más mínimo comentario.

Cuando Olmo se quedó a solas con las dos mujeres, se dio cuenta de que él también estaba de más. La imagen de doña Águeda frotando las manos y los brazos de la chica, tratando desesperadamente de reanimarla, de hacerla entrar en calor, le pareció cargada de una intimidad de la que él no podía ser partícipe.

Era consciente de que doña Águeda había soñado con este reencuentro durante años, y que, como suele pasar con las cosas que uno anhela con tanto ahínco, no se había producido de la manera en que ella lo esperaba. Pero aún estaba allí. Era su momento y él sobraba.

4

Doña Águeda no supo precisar cuánto tiempo pasó antes de que sus cuidados surtieran efecto y Pepa despertara. No fueron momentos de angustia, sino más bien todo lo contrario. En cuanto Olmo desapareció y se quedó a solas con ella, sintió como esta se sosegaba y su pecho comenzaba a respirar con una cadencia más tranquilizadora. La chica ya no parecía al borde de la muerte. Su respiración, aunque débil, se mantenía constante y sin resuellos.

Era una mujer fuerte. Saldría adelante.

Y así, cuando Pepa empezó a desperezarse lentamente, revolviéndose a un lado y a otro, todavía sin siquiera entornar los ojos, doña Águeda comprendió no tanto que había pasado el peligro, sino que ese peligro nunca había sido tan grave como ella se imaginó.

—Dejadme, no quiero salir…

Pepa no podía haber adivinado aún las intenciones de doña Águeda, y menos dormida como estaba. No. Era evidente que se encontraba todavía atrapada en un sueño, probablemente un sueño mezclado con el último estado de conciencia que había vivido, aquel en el que, según el testimonio de Marcial el cabrero, habían forcejeado para evitar que la sacaran de aquel chozo.

—¡Dejadme en paz! —alzó más la voz, incapaz de darse cuenta de que estaban las dos solas y por lo tanto las voces sobraban.

—Shhhh —replicó doña Águeda, tierna—. Nadie va a sacarte de aquí.

La presencia de una voz desconocida puso en alerta a Pepa. Detuvo los movimientos de su cabeza y se quedó quieta, parpadeando perpleja, mientras trataba de enfocar la imagen de la persona que tenía delante.

—¿Quién es usted? ¿Qué quiere?

—Shhh... Descansa —sonrió—. No quiero nada. Solo ayudarte.

Pepa se relajó. El rostro de la señora que tenía enfrente parecía bondadoso. La piel clara y pecosa le daba a entender que no era de la zona, mientras que sus ojos, grandes y bordeados por esas apretadas patas de gallo, le transmitían la sensación de que era alguien a quien le gustaba sonreír. Su instinto le decía que no tenía que temer nada malo de ella, pero su experiencia le indicaba que tampoco debería esperar nada bueno.

—No necesito ninguna ayuda de nadie. Váyase.

Su voz aún resultaba pastosa. Y su deseo, como dejó claro al girarse de nuevo y acurrucarse hecha un ovillo, era volver a sumirse en ese interminable sueño liberador y amnésico.

Sin embargo, antes de adormilarse elevó una ceja e hizo lo posible para mirarla una última vez, de reojo. Sin duda le costaba dejarse llevar por la modorra sin antes tener una mínima referencia, aunque fuera difusa, del tipo de persona que iba a velarla. Lo que se desprendía de la indumentaria de doña Águeda no pareció gustarle demasiado.

—Además —continuó medio adormilada—, yo no confío en las damas bondadosas.

—Shhh, todavía estás muy débil para hablar.

Doña Águeda no pudo evitar una sonrisa al verse confundida con una de esas damas filantrópicas de folletín. La pobre no confiaba en ellas, y sin embargo parecía convencida de su existencia, y eso a pesar de que, con toda seguridad, no se había cruzado con una en su vida.

Sonrió al verla sumirse de nuevo en el sueño. Lo que en un principio le había parecido el preámbulo de un mal inminente, ahora se asemejaba más a una imagen tranquilizadora: a la joven le vendría bien el descanso. Por eso mismo su gesto se torció cuando escuchó el barullo procedente del exterior. Era la voz de Olmo, dando instrucciones a Jeromo y a otros mozos que seguramente había reclutado en la plaza. Doña Águeda se dispuso a salir para pedir silencio, pero antes de que pudiera incorporarse vio al grupo asomar por la entrada del chozo.

—¿Esa es la muchacha a la que quiere que bajemos, señor?

Los dos mozos que Olmo se había buscado tenían un aspecto rudo y áspero. El cuerpo del primero era tan ancho que prácticamente tapaba la entrada, obstaculizando el paso de la luz. Aun en la penumbra, el tamaño de sus manos llamaba la atención, con esos grandes dedos, secos y gastados, como el mango de una azada.

—Con su permiso, señora...

—¿Qué? —Doña Águeda no daba crédito.

El sueño de Pepa se había roto por completo. Su anterior pesadilla se había convertido en realidad y para evitar que la sacaran del chozo se había arrinconado contra la pared, dispuesta a patear a todo aquel que se acercase. Ahora tenía los ojos abiertos y la mirada enloquecida.

Doña Águeda se interpuso entre ella y los gañanes, protegiéndola.

—¡Atrás, fuera!

—Nosotros solo somos unos mandaos, señora. Nos han dicho que llevemos a esta moza al carro.

Cuando dieron un paso al frente, Pepa comenzó a patalear frenéticamente, mientras lanzaba un interminable grito agudo. Aquellos dos destripaterrones se quedaron quietos, perplejos ante la reacción de la muchacha. Fue una pausa mínima, apenas el tiempo suficiente para reunir la voluntad y energía necesarias para apartar a la señora y proceder a atrapar a esa fiera con aspecto de mujer.

—¿Es que no lo habéis entendido? ¡Marchaos de aquí de una vez!

La llamada de doña Águeda se perdía entre los alaridos de Pepa, que sacudía la cabeza a un lado y a otro, presa de un ataque de nervios. Los dos mozos extendían sus brazos descomunales, formando una trampa de la que la muchacha difícilmente podría escapar.

Antes de que doña Águeda se diera cuenta, se lanzaron sobre ella y la sujetaron por las muñecas, tratando de domarla. Pepa se rebelaba como un pajarillo atrapado en una red.

—¡No, por favor! ¡Soltadla!

A doña Águeda se le rompía el corazón al verla sufrir de esa manera. No podía soportar ver como esos brutos le hacían daño. ¿Es que no se daban cuenta de que no se marcharía de allí si no era por su propia voluntad?

—¡Olmo, para esto! ¡Ahora!

Desde la entrada del chozo, el recién llegado comprendió que, una vez más, el asunto se le había ido de las manos. Corrió hasta ellos y les ordenó que la soltaran. Los mozos obedecieron. Como habían explicado antes, ellos solo eran unos *mandaos*.

Pepa, liberada de sus captores, aún seguía sacudiéndose. Doña Águeda no sabía si abrazarla para calmarla o dejarle espacio. Intuía que cualquier tipo de contacto físico le resultaría una muestra más de agresividad. En lugar de eso comenzó a susurrarle, dándole a entender que el peligro había pasado.

—Shhh… Tranquila. Nadie te obligará a salir de aquí.

Lanzó una mirada de reproche a Olmo. No era momento de reprimendas, pero estaba claro que tendrían que hablar largamente sobre esta nueva metedura de pata. Si antes el joven había errado con su temeraria pasividad, ahora, su iniciativa había demostrado una imperdonable falta de sensibilidad.

—Márchate, vete —murmuró entre dientes.

Mientras él sacaba a los gañanes del chozo, doña Águeda no pudo evitar llegar a la conclusión de que si bien Olmo había sido tremendamente útil a la hora de buscar y localizar a la partera, ahora, una vez hallada, estaba resultando un completo desastre. ¿Había sido tan eficiente en el pasado porque la posibilidad de encontrar a Pepa era entonces remota?, se preguntaba, y terminó diciéndose que a Olmo lo que le generaba conflicto era verse obligado a tratar a Pepa, ahora que por fin la tenía delante.

—No quiero que me lleven de nuevo. No quiero volver a separarme de mi hijo.

Aunque por fin hablaba con fluidez, nada de lo que la chica decía tenía sentido. Doña Águeda volvió a acercarse a ella, preocupada.

—Aquí no hay ningún niño, Pepa...

Esta parpadeó y pareció reconocer, por fin, las sucias paredes del chozo.

—No sé quién es usted —dijo escudriñando el rostro de la mujer—. Pero si lo que quiere es llevarme afuera, le aseguro que no se lo permitiré. Antes me mato que dejarme sacar, se lo advierto.

—Nadie intentará sacarte de aquí, te lo prometo. Todo esto no ha sido más que un error, pero yo..., yo... Disculpa, no me he presentado: me llamo Águeda, Águeda de Mesía y Molero de Aguamansas, y te aseguro que no pretendo hacerte ningún daño. —Intentaba ser lo más suave posible. Sabía que la confianza de la muchacha dependía de estos primeros momentos.

—Ahora la recuerdo. Es usted esa dama caritativa que vino antes. —Era obvio que la mente de Pepa mezclaba realidad y ensoñación—. Ya le dije que no me hacía falta su caridad. Aquí tengo todo lo que necesito.

—Lo sé, lo sé. —Doña Águeda le seguía la corriente, midiendo sus palabras para no ser demasiado evidente y generar aún más desconfianza en ella—. Aquí se está bien. Tan bien que si no te importa, me quedaré un rato descansando. Me ha costado mucho llegar hasta aquí, no te creas, y si no me repongo, no creo que pueda volver al pueblo sola.

Doña Águeda sabía que su relato era inverosímil, pero Pepa aún no parecía lo bastante lúcida como para darse cuenta, y lo que realmente le preocupaba era cómo reaccionaría cuando terminara de despejarse. Quizá por eso volvió a sacar la petaca de su limosnera y se la ofreció, no sin antes beber ella misma un trago para hacerle ver que su contenido no era nocivo.

—¿No pretenderá emborracharme para luego llevarme de aquí?

—No creo que pueda emborrachar a una mujer hecha y derecha como tú solo con el contenido de esta petaca. Como mucho lograré calentarte un poco el cuerpo. Afuera hace un frío que pela. Yo misma estoy helada y eso que tengo abrigo, así que no quiero ni imaginarme cómo estarás tú. —Para ilustrar la situación, comenzó a frotarse los brazos para desterrar un frío que en absoluto sentía. Su único objeto ahora era ganarse la confianza de la joven que la miraba precavida.

A pesar de eso, Pepa tomó la petaca y le dio un pequeño trago.

—¿A qué ha subido hasta aquí una señora como usted? Este chozo está bien lejos como para venir a repartir caridad.

—No he venido a repartir caridad. —Doña Águeda maldijo su suerte. Tanto tiempo fantaseando con este momento y a la hora de la verdad las circunstancias la empujaban a improvisar—. Lo que sucede es que busco una partera y he oído que tú lo eres.

Pepa se incorporó, incómoda. La miró de arriba abajo y carraspeó antes de contestar.

—Está claro que no la busca para usted. Si lo que necesita es una partera para alguna de sus criadas, tendrá que ir a La Puebla y preguntar por la Lupe. Ella la atenderá gustosa.

—No tengo nada en contra de esa Lupe, pero he oído que tú eres la mejor partera de la comarca. Claro que igual me han exagerado un poco. —Hacía una apuesta alta: tal vez picándole en su orgullo conseguiría tirarle de la lengua.

—Más que exagerar le han mentido en redondo. Yo no soy partera. —Pepa hizo una pausa para convencerse a sí misma de lo que decía—. Es cierto que lo fui, pero ya no. Nunca más.

Doña Águeda la observó, intrigada. ¿Qué le había sucedido para decir eso, para traicionarse de esa manera? ¿Era por ese incidente que le había contado Olmo? De lo que no cabía duda era de que a pesar del lamentable estado en el que se encontraba, conservaba esa fuerza de la que su hijastro ya le había dado referencias, una fuerza que casi no parecía caber en un cuerpo tan frágil.

—Es una pena que ya no lo seas, porque yo buscaba a la mejor. De hecho, si hubiera podido contar con la mía, no habría venido hasta aquí a buscarte. Por desgracia, hace años que murió, o eso imagino. Era realmente buena.

—Y seguro que la trataban a patadas —completó Pepa, irónica—. Todas las parteras son buenas, pero ninguna hace tan bien su trabajo como para ser acogida en una casa para siempre. Por eso se pasan la vida recorriendo los caminos y en ellos acaban sus días. ¿O acaso esa mujer de la que me habla murió en una cama caliente recibiendo los santos óleos?

Las amargas palabras de Pepa habían impactado en doña Águeda, y decidió no contestar a esa pregunta. En su lugar dijo:

—Lo que puedo asegurarte es que de verdad la quisimos y que su llegada a nuestro cortijo era celebrada con las risas de los niños.

Pepa se habría reído de ese comentario de no haber visto que la mirada de Águeda se había iluminado al recordar el momento. Estaba claro que creía firmemente en sus palabras. Eso la extrañó.

—¿Qué cortijo es ese? Si es como dices, me encantaría visitarlo alguna vez.

Doña Águeda se repuso antes de continuar.

—Está al sur, en Andalucía, en un sitio mucho más cálido y soleado que este. —La mente de doña Águeda voló hacia aquel lugar y se alejó de la estrechez de la cabaña y del olor metálico de la nieve que la rodeaba—. Allí los niños juegan, rodando en las eras, incluso en un otoño tan frío como este.

Pepa fijó su mirada en el lujoso ropaje de la dama. Aquella mancha azul en medio de todos los ocres apagados de la cabaña no sugería la imagen de una niña revolcándose risueña con paja enredada en el pelo. Doña Águeda captó el escepticismo.

—No creas que siempre he sido una señora estirada que hace obras de caridad —dijo con una media sonrisa—. Cuando no medía más de una vara, jugaba como lo que era, una niña con otros niños. Con todos, sin importar su clase social o en qué trabajaban sus padres. ¿Sabes? Cuando llegaba esta partera —dijo, escudriñando la reacción de Pepa ante aquella palabra—, me sentaba a su lado, y ella, a la sombra, siempre con su zurrón que se nos antojaba lleno de tesoros brillantes, veía a los niños bañándose en el río. Y ellos jugaban a acercarse a ella mientras levantaban sus camisas y sacaban la tripa de esa forma en que solo lo hacen los niños. Y uno por uno, ella iba desgranando: «Ese es mío. Ese no. Ese también es mío». —Tras una nueva pausa, doña Águeda preguntó—: ¿Sabes cómo los reconocía?

—Por el ombligo —respondió pronta—. Tendría su forma particular de hacer el nudo al cordón umbilical.

En ese momento, Pepa se incorporó incómoda y doña Águeda prosiguió:

—Supongo que no te parece tan raro. Al fin y al cabo, debe de ser normal en todas las parteras. Seguro que tú también reconoces a los niños que has ayudado a nacer, por su ombligo.

Pepa, demudada, lo negó y alargó la mano hacia la petaca de doña Águeda, en una súplica muda por algo que le hiciera mantener una calma que comenzaba a perder. La mujer sabía que estaba muy cerca de conseguir su objetivo, y alargando la petaca hacia la temblorosa mano, prosiguió:

—Después de reconocer a todos sus niños, la partera se giraba hacia mí y yo levantaba mi blusa a la altura de la tripa. Ella, señalando mi ombligo, decía: «¿Ves? Este no es mío». Era cierto. Mi ombligo no era suyo. Creo que aquella partera era realmente buena.

—¿Cuál era su nombre? —preguntó Pepa, no del todo segura de si quería saber la respuesta.

—Josefa Balmes, *la Candelaria* —respondió doña Águeda. Y el peso de aquellas dos palabras hizo que la espalda de Pepa se fuera doblando y que la joven reculara hacia el último rincón del chozo, donde se acurrucó. Como si aquellas dos palabras fueran ocupando todo el hediondo espacio de la cabaña de Marcial. Doña Águeda supo que había dado en el blanco. Pepa estaba por fin en su terreno. Y preguntó, pretendidamente aséptica—: ¿La conocías?

Pepa bajó la mirada y doblando aún más las rodillas para ocupar lo menos posible, casi hasta desaparecer, contestó.

—Esa partera… era mi madre.

La puerta del chozo se abrió de repente y un aire helado pero vivificante invadió la sala. En el umbral, Olmo pateaba el suelo para sacudirse la nieve de las botas, mientras ajeno a todo lo que había sucedido antes de su llegada se quejaba de que la carreta no había podido ascender hasta aquel lugar.

Sin preocuparse de sus quejas, doña Águeda preguntó:

—¿Trajiste lo que te pedí?

Sin responder, Olmo se giró hacia Jeromo y le ordenó descargar lo que habían traído. Unas cuantas mantas, una lámpara de aceite, miel, pan, queso y algunas manzanas.

—Habría sido más fácil bajar a Pepa cuando subieron los criados.

Como veía que el joven no cesaba en sus quejas, doña Águeda respiró hondo, con paciencia, y le explicó:

—Olmo, no voy a traicionar a Pepa. Le prometí que no la sacaría de aquí y así voy a hacerlo. ¿No ves que no tiene fuerzas para enfrentarse al mundo?

La imagen de Pepa, febril, en postura fetal y con la espalda contra el muro, lo confirmaba.

—Realmente no sé cómo se la puede ayudar dejándola aquí —apuntó Olmo.

—He pagado al cabrero para que la deje en este chozo.

—¿Pagado? —se indignó el otro—. Este chozo no es de nadie. Está en tierras comunales. Llevo semanas estudiando esta zona y sé qué es lo que se puede comprar y lo que no. Esta temporada es de este cabrero y la que viene lo ocupará otro. Eso es pagar por nada.

—También le he pagado para que cada dos días nos traiga leche, queso y leña —prosiguió doña Águeda.

—¿Nos?

—Hasta que Pepa mejore, me quedaré con ella. Aquí —dijo convencida y consciente de cuál sería la reacción de Olmo.

—¿Dormir aquí? —preguntó incrédulo. El joven se percató de la presencia de Jeromo y alejándose con la mujer hacia un rincón, murmuró—: Una señora de su posición no puede dormir en un jergón, en esta choza, con estas condiciones. ¡Madre, por Dios! ¡Avéngase a razones!

—He dormido en sitios peores, te lo aseguro —respondió Águeda con calma.

—Lo sé. —Conocía las penurias por las que había pasado su madre, pero no cejó en su empeño de hacerla reaccionar—. Esto es absurdo. Pudiendo dormir las dos en un sitio caliente y cómodo.

—He mandado traer mantas, ¿recuerdas?

—¿Y si Pepa empeora?

—Una mujer de mi posición puede tomar sus propias decisiones, Olmo. —Y sin dejar una pausa, preguntó—: ¿Has hablado con Salazar del tema de El Jaral?

Olmo entendió que el asunto estaba zanjado y, rendido, contestó:

—Estaba esperándole cuando llegaste. Le veré luego.

—¿Y?

—Ahí ando, apretándole. Quiero conseguir un buen precio por la casa, visto que aún habrá que hacer reformas cuando la tengamos.

—Espero que el trato esté cerrado antes de que salga de aquí. —Aquello no era un deseo, evidentemente. Era una orden—. Así que ya estás tardando en resolverlo—. Tras empujarlo hacia la puerta, Águeda se giró hacia Pepa, que seguía sumida en un sueño que ahora se había convertido en inquieto. Olmo observó como Águeda tomaba una de las mantas y cubría con ella a Pepa. Cuando se giró, una sola idea rondaba en su cabeza: nada bueno podía salir de todo aquello.

5

Al despertar, todos los sentidos de Pepa percibieron, algunos con más nitidez que otros, ciertos cambios en el entorno. El ocre que recordaba en el chozo había dado paso a un dorado cálido: emanaba de un fuego que crepitaba vivo en el hogar. Sus manos ya no palpaban un suelo frío y duro, sino mantas suaves y con olor a manzanas, que junto con el de la leche caliente con miel casi había disipado el acre olor del cuajo. ¿Soñaba acaso? Observó a doña Águeda. Inclinada cerca del fuego, la mujer miraba las llamas fijamente.

—¿Es usted una condesa? —preguntó sin incorporarse. No quería perder lo reconfortante del calor de aquellas mantas.

La mujer se giró hacia ella y, sonriendo muy levemente, contestó.

—Solo medio marquesa.

Tomó un tazón de porcelana y lo acercó a Pepa. Esta se incorporó lentamente y lo cogió con las dos manos. Águeda no lo soltó mientras la joven bebía. Sabía que había pasado una mala noche y no confiaba en que pudiera sostenerlo, aunque con cada sorbo iba recuperando un poquito de sus fuerzas.

—¿De modo que conoció usted a mi madre?

Doña Águeda acercó un taburete y se sentó al lado de Pepa.

—Fue mucho antes de que tú nacieras. Yo vivía por aquel entonces con mi padre en aquel cortijo del que te hablé: el cortijo de Aguamansas. Josefa acudía allí sobre todo en primavera, cuando el número de partos nunca bajaba de seis o siete. Era una mujer dispuesta y nada haragana. Sabia y segura en su labor. Mi padre la apreciaba, le dejaba quedarse el tiempo que quisiera y le daba alojamiento y un salario. Pero la Candelaria era orgullosa e inquieta y no paraba más de lo estrictamente necesario.

—Las parteras no son bien tratadas, si no es como aves de paso —repitió Pepa.

—No creas —interrumpió Águeda—, Aguamansas hacía honor a su nombre. No era ni mucho menos un lugar de padecimientos. Mi padre se esforzaba por tratar bien a la gente y en especial a los que vivían con nosotros y estaban a nuestro servicio. Para él era una cuestión de principios, no de caridad.

Pepa no parecía creer que existiera ese paraíso terrenal que la dama describía. Un lugar con niños jugando felices, donde se trataba bien a todo el mundo y el amo era un buen hombre.

—Es cierto que todos los niños tienen una imagen ideal de sus padres. Que son las personas mas buenas y justas del mundo. Es cierto que de niña veía a mi padre como un héroe inquebrantable. Pero es que ahora sigo viéndolo de la misma manera. —Águeda hizo una pequeña pausa y añadió—: Creo que eso fue lo que mi madre vio en él. Pero no puedo asegurarlo, murió en mi alumbramiento. Si Josefa hubiera sido la partera, quizá mi primer día de vida no hubiera sido el último de la de mi madre. Quizá, si hubiera estado, yo habría tenido de mi madre algo más que la imagen que de ella colgaba en nuestro salón.

—Lo siento —musitó Pepa.

—¿Lo dices como amiga o como partera que lamenta un error profesional?

—Ya le he dicho que no soy partera —cortó Pepa—. Ni amiga tampoco.

Águeda encajó el golpe. La joven se le estaba yendo otra vez de las manos a medida que iba recuperando fuerzas. Se repuso y prosiguió, calmada:

—Como te decía, mi padre era generoso. Trataba bien a los empleados.

Esta vez Pepa verbalizó lo que antes había pensado.

—Me gustaría creerla, pero no he conocido a ningún señor o señora que haya tratado bien a sus trabajadores. Y estas suelas se han pateado todo tipo de fincas.

—Bueno, pero mi padre no era como todos los señores. Te lo aseguro. Por no serlo, se arruinó. Y para llegar a eso tuvieron que suceder cosas terribles.

Casi lamentó haberlo dicho. Mirando a Pepa, sabía que tampoco ella había tenido una vida fácil. De hecho y con seguridad, fue mucho más dura que la suya. Y sin duda, esa vida era la que le llevaba a contestar como lo hacía.

—Si fuéramos amigas, le pagaría confesión por confesión y le diría lo buena persona que era mi padre, pero desgraciadamente no lo conocí y mi madre tampoco me habló mucho de él. —Pepa quería una vez más dejar claro que la palabra *amiga* sobraba en ese contexto.

—Josefa Balmes no era una mujer que gustara de perder el tiempo hablando. —Águeda intentaba calmar aquel torbellino que parecía avecinarse, pero la otra se lo ponía difícil.

—De ella he debido de heredar mi carácter, no cabe duda. No me gusta la cháchara ni las confidencias. Pero soy persona agradecida y no quiero marcharme sin reconocer sus cuidados de estos días.

Pepa intentó levantarse. Pero su debilidad era patente y Águeda tuvo que sujetarla para que no cayera redonda.

—Aún estás débil —dijo ayudándola a sentarse en el jergón—. No sé cómo llegaste a este lugar, pero puedo asegurarte que tu estado ayer mismo era lamentable. Es imposible que te hayas repuesto. Debes descansar. Luego podrás ir donde quieras.

Algo en la actitud de Águeda la intrigaba.

—¿Por qué se ocupa tanto de mí, medio marquesa? —Pepa ganaba seguridad si permanecía sentada. No tenía que utilizar sus escasas fuerzas para mantenerse en pie y podía defenderse mejor.

—Prefiero que me llames Águeda.

—Y yo prefiero doña Águeda, que no está mal para una medio marquesa —bromeó la joven—. A mí puede seguir llamándome Pepa, aunque me llame Josefa. Josefa Balmes.

Siempre que pronunciaba su verdadero apellido tenía la misma sensación. Cierto que los tiempos en que temía decir su verdadero nombre, por miedo a ser apaleada, habían quedado atrás, pero como les sucede a todas las personas que mienten durante mucho tiempo, le costaba decir la verdad y al nombrar su apellido real se sentía una impostora. No era de extrañar. Durante muchos años se había presentado como Pepa Aguirre.

—Bien, doña Águeda. Ahora sabemos cada una nuestro nombre, pero sigo sin entender el porqué de tanto cuidado. —Otra vez la ironía surgió como defensa, y volvió a la misma pregunta que al poco de haberla visto por vez primera—: ¿Es usted una de esas medio marquesas que ayudan a los pobres? Porque si es así, quiero advertirle que siempre me he ganado el dinero con el sudor de mi frente y lo volveré a hacer. Nunca he pedido limosna y nunca lo haré. Una no es pobre de San Bernardino.

—Es cierto que colaboro con algunas causas filantrópicas, pero el cuidado de parteras en chozos entre la nieve no entra dentro de ellas. —Águeda aguantaba la perorata, pero en realidad comenzaba a cansarse de recibir solamente golpes. Tampoco ella era una malva. Y Pepa lo entendió, aun así no quiso bajar la guardia.

—¿Su ayuda tiene que ver con mi madre? ¿Con que la conociera?

—Es una larga historia, y tú no eres persona de cháchara.

Pepa deseaba con todas sus fuerzas salir de allí. Pero esas fuerzas no eran muchas. Volvería a caerse en cuanto pisara fuera del chozo, si es que lograba salir.

—No tengo nada que hacer, doña Águeda. No soy de esas cotorras de brasero que se dedican a despedazar a sus vecinos, eso es bien cierto. Pero no me importaría oír su historia.

Doña Águeda la escuchaba y pensaba en lo orgullosa que era aquella joven. Vulnerable como estaba en ese momento, seguía siendo incapaz de reconocer que se había equivocado. Podía retorcer un argumento con tal de llevar la razón. Y eso le recordaba tanto a sí misma. Hay mujeres que prefieren entregar la vida antes que las armas. Pepa y ella eran de ese tipo de mujeres. Pero esta vez al menos sí consiguió su objetivo.

—Ponte cómoda —dijo mientras ella misma se sentaba.

SEGUNDA PARTE

6

Alonso Molero, el padre de Águeda, era un hombre de temperamento artístico. Amaba la lectura y la política, y a buen seguro, si las cosas hubieran ido de otra manera, se habría dedicado a ellas. De joven era bien parecido. Un hombre lleno de ilusiones y prometedor, de esos que transmiten pasión al hablar. Influido por las tesis de Rousseau, estaba convencido de que el ser humano había venido al mundo para mejorarlo y cuando hablaba era capaz de convencer a cualquiera de ello.

—Aquella oratoria fue sin duda lo que enamoró a mi madre. Y ella debió de ser una mujer feliz a su lado, apoyando a su marido para que se convirtiera en un escritor de renombre o un político de peso, como Martínez de la Rosa o Álvarez Mendizábal. —Doña Águeda desgranaba tranquila los sentimientos de una madre a la que nunca había conocido—. Pero todo aquello se truncó con su muerte durante el parto. Mi padre tardó en salir adelante. Pasaba de estados de alegría a profunda melancolía. Más tarde me dijo que yo le recordaba demasiado a ella.

Pepa detectó la tristeza en los ojos de la mujer, pero la consideró afortunada por haber tenido un padre que sí le hablaba de su madre muerta.

Sin embargo, la madre de Águeda no solo era el apoyo espiritual de don Alonso. María Antonia, ese era su nombre, se había criado en el cortijo de Aguamansas. Desde pequeña había acompañado a su padre a las gestiones, sabía tratar con los obreros, proveedores y demás. Llevaba las cuentas y podía sacar adelante una finca. Don Alonso no era un buen administrador, como nunca suelen serlo los soñadores, y su afán por un mundo más justo lo convertía en un hombre blando con todos. Ser bueno no es rentable y, tras la muerte de la marquesa de Aguamansas, las arcas de la hacienda fueron perdiendo dinero.

—No hace falta que me diga de dónde le viene a usted la mitad de su título —dijo Pepa.

—En efecto, mi madre era la heredera del título de marquesado de Aguamansas. Su matrimonio con mi padre era desigual. Hubo cierta oposición de la familia, claro, pero mi madre se empeñó. Ella también tenía carácter. Sabía que sería feliz al lado de Alonso, y lo fue hasta el último de sus días. —De nuevo el rostro de doña Águeda se ensombreció—. La familia de mi madre, mejor situada social y económicamente, le retiró su apoyo y mi padre no quedó en condiciones de pugnar por el título del marquesado, que según él siempre decía me pertenecía legalmente a mí.

—Pero ¿no lo heredó su padre? —indagó Pepa, sin entender muy bien los enredos de la aristocracia y sus títulos.

—Él no podía heredarlo. Ni yo misma hasta cumplir los diecisiete, así que pasó a manos de unos primos de mi madre, los Molero Mencía, que tenían una mansión en la Media Legua, cerca de Murcia. Así que mi padre se gastó una fortuna en abogados para reclamarlo. Había heredado el cortijo de Aguamansas, pero quería que yo heredara el título de mi madre. Por mi parte, yo nunca se lo había pedido y no entendía esta disputa. A mí me bastaba con estar con él.

A los ojos del resto del mundo, don Alonso era un alma cándida que desperdiciaba su vida y su vista en la biblioteca. Ignoraban que en realidad con quien pasaba gran parte de las horas era con su hija. Ambos tenían un rincón favorito en esa sala. Era su mundo privado, en el que don Alonso enseñaba a leer a su hija y donde esta recibía sus primeras lecciones de matemáticas, historia... Y ese rincón sería con el tiempo el refugio de Águeda cuando se enfrentara a algún momento difícil. Para ella, lo vivido allí con su padre había dejado su magia flotando en el aire y esa magia sanaba cualquier herida que el mundo exterior pudiera causarle. Pero al acercarse la mayoría de edad de la joven, don Alonso redobló sus esfuerzos por recuperar el título de su hija. Y esto supuso prestar más atención a la finca y menos a ella. Y aquel rincón se convirtió en propio de Águeda. Solo suyo, muy a su pesar.

—Aquel afán de mi padre por un título nobiliario que yo no anhelaba en absoluto se convirtió en un pozo sin fondo que se iba tragando lo que sí necesitaba. Empezamos por vender la casa en el pueblo de Acatucia y nos fuimos a vivir al cortijo. Y una vez allí, el pozo fue tragándose poco a poco la compañía de mi padre. Y como él ya no podía enseñarme y no había escuelas cercanas al cortijo, decidió traer un maestro. Yo acababa de cumplir trece años cuando llegó don Andrés.

Don Andrés no solo educaba a Águeda. Animado por don Alonso, instaló una pizarra en los graneros y los convirtió en el aula de la chiquillería del cortijo, que era de todo menos escasa. El hecho es que en esas clases nunca faltaban diez o quince niños que en algunos casos llegaban allí venciendo los recelos de unos padres que no terminaban de encontrarle sentido práctico a que unos braceros aprendieran a escribir. Pero bien porque le pareciera que no era adecuado que Águeda estudiara sola o porque tenía la cabeza empachada de libros sobre la justicia social, lo cierto es que el patrón fue el principal promotor de aquella escuela rural.

Aunque no lo entendieran, en general todos apreciaban aquel gesto y consideraban que era una suerte servir para Alonso el de Aguamansas, en lugar de hacerlo para Rafael, el hijo del de los cortijos, o para Luciano en los Alanos.

—Me cuesta creerme un sitio así. Casi parece un cuento. Seguro que el maestro tenía algún trato diferente con usted. ¡Y el señor lo mismo! —interrumpió Pepa, que era poco dada a creer en igualdades sociales.

—Te equivocas. Mi padre me quería y se desvivía por hacerme feliz, pero no era la persona más cuidadosa del mundo en cuanto a mi aspecto y vestimenta. Y yo me aprovechaba de eso a favor de la comodidad. Sara, la criada, era quien me perseguía por los pasillos (y sobre todo por la era) para sonarme los mocos o para tratar de vestime como la señorita que debía ser. Pero no podía estar siempre detrás de mí, así que, al final, en verano iba sin calzado como el resto de los niños, y en invierno llevaba la cara llena de barro como el que más. Era una niña más en un aula llena de mocosos.

—¿Y usted trabajaba luego en el campo? ¿Ayudaba a su padre como seguro hacían los otros niños de esa escuela? —Pepa quería encontrar una muestra de la injusticia del mundo en el lugar cuya historia estaba escuchando.

—En eso tienes razón. Mi gran privilegio era el tiempo. No tenía que ayudar a los padres en sus tareas. Los otros niños se iban incorporando a la clase después de haber llevado sacos a la era o haber aventado la paja. O faltaban los días en los que la faena era más intensa y había que ayudar. Yo tenía a don Andrés a mi entera disposición.

El maestro era un gran aficionado a la historia. Y el tiempo libre de Águeda le permitía llevarla con él en lo que llamaba sus «prospecciones arqueológicas». Don Andrés mantenía que la zona en la que se hallaban había sido ocupada por los antiguos romanos, y estaba llena de restos de villas. El propio pueblo de Acatucia —y esto era conocido por todos— había sido en el pasado una población romana llamada Acatucci, de ahí su nombre. A la zaga de don Andrés, Águeda se recorría los cerros de los alrededores, buscando pequeños fragmentos de vasijas que luego organizaba y trataba de clasificar.

—El monte Saquer, a un par de leguas del cortijo, era su santuario privado —recordaba Águeda—. Don Andrés sabía que la mayoría de los restos no tenían valor, pero seguía buscando y los días en los que los bueyes hundían la vertedera del arado en la tierra a él no le importaba madrugar por ver si aparecía algún objeto relevante.

—¿Y alguna vez encontraron algo grande? —quiso saber Pepa.

Águeda sonrió ante el calificativo que relacionaba el tamaño con la importancia del hallazgo arqueológico.

—Sus mayores tesoros eran una pequeña talla escrita en un idioma que él llamaba osco y una pequeña cabeza de ídolo, que aseguraba pertenecía a un dios de los sueños. Lo que don Andrés no quería era no estar presente cuando se descubriera una obra importante. Así había sucedido, años ha, cuando dieron con la escultura de un togado romano, en bastante buenas condiciones.

—¿Un togado? —Pepa no conocía aquella palabra.

—Una escultura de bronce, a la que le faltaba la mano derecha. Probablemente era de algún emperador romano, vestido con una toga. De ahí el nombre. Don Andrés decía que tal vez fuera una de las mayores figuras de bronce descubiertas en España. Medía algo menos de dos varas —dijo Águeda poniendo la mano a una altura un poco por encima de su cabeza— y tenía un valor histórico incalculable. Don Andrés contaba que el propietario acabó colocándola entre los tiestos de su jardín, vencido por las presiones de su esposa.

—¿Era tan alta como un hombre? —inquirió Pepa sorprendida por el tamaño de la estatua. Si era tan grande, sí que debía de haber sido importante.

—Era una estatua de un hombre a tamaño natural. —Águeda obvió explicarle que no siempre el tamaño del hallazgo es lo que lo hace importante. Y prosiguió—. Aún hoy ignoro si todas esas cosas eran ciertas o lo hacía para inspirar en el corazón de una niña las ambiciones de aprender.

El maestro era una figura muy particular. No era de la zona y tampoco hablaba demasiado de su pasado. Alto, espigado y bien parecido, muchas mozas suspiraban por él, pero no les hacía demasiado caso.

—En alguna ocasión mi padre se había sumado a nuestras prospecciones. Ambos eran almas parecidas. Los dos parecían esconder un dolor del pasado del que no les gustaba hablar. Por eso ambos miraban hacia atrás con gran interés y rigor. Con menos frecuencia de la que a mí me hubiera gustado, invitaba a don Andrés a cenar con nosotros. En esos casos la velada se trasladaba a la biblioteca, donde se prolongaba hasta altas horas de la madrugada. Mi padre, poco habituado a prohibirme cosas, me dejaba estar con ellos, seguro de que enseguida me dormiría acunada por el runrún de su conversación.

Antes de sumergirse en el sueño, en ese confuso espacio que es el duermevela, Águeda los oía hablar de temas que le resultaban fascinantes: del pasado romano, de mitología, de las últimas teorías sobre la selección natural, de literatura, de política, y esa ansiada justicia social que los dos parecían estar esperando por igual. Todas esas conversaciones iban sumándose a la magia del rincón de Águeda en la biblioteca.

—Don Andrés y mi padre tenían un tipo de complicidad, que mi padre jamás tendría con su aliado natural, la persona más cercana a él: don Rafael Hernández de Valderrama. —Si bien todo el relato anterior despedía una añoranza y una ternura que cautivaban a Pepa, Águeda imprimió a este último nombre un tono que sonó como una tiza chirriando en una pizarra.

—¿Quién era? —preguntó la joven, alertada por el resquemor en esas cuatro palabras.

—Los Hernández de Valderrama controlaban toda la zona. Eran los caciques de Acatucia.

—Como doña Francisca lo es en Puente Viejo. —Pepa sí entendía de caciques.

—De un modo diferente. —Doña Águeda meditó un momento—. Aunque sí. Pensándolo bien, Rafael Hernández era exactamente igual que doña Francisca Montenegro.

7

La primavera era una época de especial actividad en los campos, y las fincas de don Rafael no eran una excepción a esta regla. Los Hernández de Valderrama abandonaban por entonces su lujosa casa del pueblo para instalarse en el cortijo de El Sotillo. Este permanecía cerrado la mayor parte del año, por lo que antes de ser ocupado se hacían algunos arreglos y se encalaba, proceso que no solía durar más de una semana.

—Don Rafael gestionaba estos apaños personalmente, y como no sería de recibo que él y su familia durmieran al raso esos días, mi padre tenía a bien acogerle en su casa —contaba doña Águeda—. Don Rafael hacía negocios con mi padre a menudo y su hija Catalina era mi compañera de juegos durante los meses del buen tiempo.

Si Águeda convivía con niños de clase inferior sin ningún complejo, Catalina era el ejemplo perfecto de lo que debía ser una pequeña dama.

—Al contrario que yo, ella representaba la vida burguesa. Y estaba encantada de hacerlo. Su pelo rubio estaba siempre bien peinado. Sus vestidos eran elegantes y jamás se ensuciaba. —Doña Águeda hizo una pausa y añadió cómplice—: A pesar de todo eso, era mi amiga.

Pepa sonrió al advertir que la mujer había leído su pensamiento.

—Cuando Catalina llegaba, siempre parecía feliz de verme. Nos abrazábamos enseguida y tomándome del brazo, comenzaba a desgranar cotilleos mientras caminábamos hacia la casa. Todos esos cotilleos provenían de una caja llena de *La Ilustración Española* y otras revistas, que ella siempre traía consigo. «Tienes que leerme todo esto», decía nada más verme. Y le encantaba hablar sobre el duelo de Alfonso XII por la muerte de María de las Mercedes o de los rumores de su próxima boda con una princesa de Austria. Me lo iba contando mientras me enseñaba la revista en cuestión y me pedía que le leyera la página que había al otro lado de la ilustración de un cardenal, celebrando el matrimonio del rey Alfonso y su esposa, bajo la atenta mirada de su padre, don Francisco de Borbón.

—Pero ¿una dama tan educada no sabía leer? —preguntó Pepa, extrañada—. Que una muerta de hambre como yo no haya aprendido a leer y a escribir hasta hace bien poco es común, pero que una niña de buena familia no...

—Sí sabía —interrumpió doña Águeda—. Durante su infancia había ido al colegio de las escolapias y había sido una alumna más. Una formación completada, además, con clases de piano, bordado, etcétera. La habitual en una damita de su rango.

—¿Entonces? —siguió inquiriendo Pepa.

—A los trece años se encontraba en clase leyendo un salmo de la Biblia en voz alta cuando sus amigas vieron como su mandíbula parecía desencajarse y sus dientes castañeteaban —comenzó a contar doña Águeda—. Al instante empezaron las sacudidas. Primero la cabeza comenzó a agitarse con movimientos nerviosos y repentinos, que se fueron extendiendo por los brazos, mientras la pobre niña intentaba terminar de leer el texto. La monja que les daba clase no hizo nada para contradecir la primera impresión que tuvieron las niñas: Catalina estaba poseída por el diablo. Tras el cese del episodio se sucedieron las vigilias y las oraciones en el colegio, pero a los pocos días se produjo otro similar, esta vez mientras leía, en voz alta, una lección de Historia. Las monjas dejaron de pensar en posesiones demoníacas y comenzaron a pensar que a la niña le pasaba algo malo.

»Los médicos concluyeron, aunque les confundieran los síntomas, que se trataba de ataques de alferecía, con la extraña particularidad de que solo se producían cuando leía, y sobre todo cuando leía en voz alta. Sacarla a leer en público era arriesgado, pero con el tiempo también comenzaron a darle cuando leía en silencio. Así que, a pesar de no tener un diagnóstico claro y sin referencias sobre la enfermedad, comenzaron a probar con ella los mismos métodos que empleaban con esa enfermedad.

—Baños fríos y escarificaciones. A los cirujanos les encanta usar sus trastos para cortar la piel, haya o no motivo para hacerlo. —Pepa conocía bien esos métodos—. He visto los restos de esas mutilaciones, y eso no hace cesar los ataques.

—Efectivamente, no sirven de nada. —Doña Águeda le dio la razón—. Pero la gota que colmó la paciencia de los Hernández de Valderrama fue la llegada de un cirujano francés que quería hacerle a Catalina una trepanación en el cráneo. Cuando don Rafael comprendió en qué consistía la operación, montó en cólera y echó al cirujano, gritándole que era un salvaje y que mirara la hermosa cara de su hija. Podía casarla si no leía, pero no podría hacerlo con una cicatriz que le cruzase la cara. Y eso fue lo que hicieron. Desde entonces, Catalina dejó de leer.

Don Rafael no había exagerado un ápice sus intenciones. La joven era la menor de cuatro hermanos, que la doblaban en edad. Al hacerse mayor, su padre había optado por evitar problemas posteriores y había divido la herencia en vida. Cada uno de sus hijos se había llevado una considerable porción de tierra con su imponente cortijo.

Todo ese patrimonio se lo debía al abuelo de Catalina, don Saturnino, conocido como «el de los cortijos», porque en vida logró hacerse con media comarca gracias a su capacidad comercial. Las ampliaciones de las propiedades de don Rafael eran tan irrisorias en comparación que había pasado a llamarse Rafael «el hijo del de los cortijos».

—A pesar de la distribución del patrimonio familiar, don Rafael reservaba una dote para la boda de su hija, incluido El Sotillo, pero confiaba en que su belleza le permitiera casarse con alguien poderoso. Quizá con un noble. La boda de mi padre con la marquesa de Aguamansas no hacía sino convencerle de que con una cara agraciada y unos buenos modales cualquiera podría obtener un título.

Don Rafael, de momento, tenía un candidato, Gonzalo Mesía. No era noble, pero tenía bastante más dinero que él. Se había quedado viudo y a pesar de su edad —o precisamente por ella— ardía en deseos de volver a casarse de nuevo. Que Catalina solo tuviera diecisiete años no parecía ser óbice para él.

Pero claro, don Rafael tenía que ocultar la tara de su hija.

Y eso hizo. Cuidó la belleza. Esmeró la educación de sus modales y la convirtió en la perfecta compañía para un noble. Por suerte, la enfermedad no parecía afectar la lectura de partituras musicales ni la práctica del piano. Educó su voz y tocaba y cantaba bastante bien. Era agradable y dulce. Su único defecto era que no podía leer libros… ni revistas.

—En realidad, mucha gente vive sin leer y no por ello tienen una existencia más triste —formuló Pepa.

—No, no. Catalina no era nada triste. Era pizpireta. Y estaba encantada con no leer. De hecho, creo que cuando descubrió esto, llegó a fingir alguno de sus ataques para evitar la posibilidad de volver a leer en un futuro. En ese momento parecía optar por no tentar a la suerte. Por eso llegaba al campo con las revistas que había acumulado durante un año, y de las cuales solo había visto las fotos y algunos párrafos cortos. También llevaba consigo algunas novelas románticas, a las que era más o menos aficionada, y estas novelas nutrían su carácter soñador.

Doña Águeda esbozó una media sonrisa mientras contaba:

—Dormíamos juntas en la misma habitación y nos pasábamos noches hablando hasta altas horas de la madrugada. Bueno, más bien hablaba Catalina y yo me iba quedando dormida con el sonido de su voz. Ella fantaseaba con su boda con Gonzalo, y gustaba de compararlo con otras bodas de postín. Encontraba un paralelo particularmente alentador en la figura de Alfonso XII y su futura esposa María Cristina, ya que, al igual que el monarca, el tal Gonzalo, al que jamás había visto, era viudo.

—Eso es lo que se llama una cabeza llena de pájaros —bromeó Pepa, que se sentía muy lejana de aquellos sueños de niña burguesa.

También practicaban juntas al piano. La madre de Águeda había sido una gran aficionada a la música, motivo por el cual tenían un exquisito piano de cola Erard con la caja de resonancia construida de madera de palisandro. Su padre le comentaba lo maravilloso que era escuchar a su madre tocar y cantar.

—Lamentablemente, yo no poseía ese don —dijo doña Águeda.

—Yo tampoco. En eso nos parecemos. —La mujer pensó que en realidad se parecían más de lo que Pepa podía imaginar.

—Catalina tocaba el piano mucho mejor que yo y además cantaba como los ángeles —reconoció modesta—. Prefería practicar en nuestra casa porque le encantaba nuestro piano, mucho mejor que el suyo de pared. Mi padre conservaba gran parte de las partituras de mi madre, y se nos pasaban las horas tocando y cantando romanzas de zarzuelas de Asenjo Barbieri, Emilio Arrieta y Joaquín Gaztambide. Recuerdo que Catalina cantaba el aria «Un tiempo fue que en dulce calma», de la duquesa de *Jugar con fuego*. Era como el aria de la reina de la noche de Mozart, pero asequible y en un idioma comprensible.

Pepa no entendía a qué música se refería doña Águeda, pero escuchaba atentamente su relato.

—Alguna vez lo intentamos con ópera. En concreto con «Reinaba el silencio», de *Lucia de Lammermoor* de Donizetti. Pero ese día llegó mi padre y, muy afectado, nos quitó las partituras. No tardé en comprender que mi madre cantaba esa aria, por supuesto mejor que yo, y que su melodía avivaba en mi padre su recuerdo. Y también canciones medievales, a las que su madre era muy aficionada. Les encantaban las canciones de alba. ¿Ese nombre no significa nada para ti? —preguntó doña Águeda a Pepa. Esta negó con la cabeza.

»Son canciones de trovador que recrean el momento en el que los amantes se despiden, al llegar los primeros rayos del día.

Doña Águeda tarareó una canción de alba.

¡Ay, luna que reluces,
toda la noche m'alumbres!
¡Ay, luna tan bella…!

—Estoy para pocas canciones —cortó Pepa, tajante.

—Además de su «lectora», también fui la «escribiente» de Catalina. Desde pequeña mi amiga había fantaseado con relaciones inexistentes. La visita de un rico comerciante acompañado de su hijo adolescente se convertía, en su cabeza, en una relación romántica para la que gustaba escribir cartas de amor, que a mí me tocaba redactar.

—¿Y usted no se dejaba llevar por ese ambiente tan ocioso?

—Yo tenía los pies muy en el suelo. —Doña Águeda hizo una pausa—. Pero no te niego que sí me fijé en alguien. Se llamaba Joaquín y era el benjamín de los Pasiego. Una familia que llevaba años trabajando para nosotros en el cortijo. Sara, su madre, fue la que me cuidó desde pequeña.

Joaquín era uno de aquellos niños con los que Águeda acudía a la escuela de los graneros y con los que correteaba por los campos. Los dos habían crecido juntos y llegado a los dieciocho, su compañero de juegos infantiles se había convertido en un muchacho alto y espigado.

—¿Y usted le quería? —Aquella historia sí despertaba curiosidad en Pepa.

—No exactamente. Para mí, Joaquín era más que nada un compañero —confesó doña Águeda—. Pero Catalina con sus pretensiones románticas me decía que había que estar enamorada. Me sentía presionada a fijarme en alguien, a darle un nombre, y yo le di ese, pero no sentía por él más que un gran aprecio, que no puedo negar se transformó en cierta atracción cuando ambos nos convertimos en muchachos.

Su amiga se reía de esta atracción, que le resultaba ridículamente desigual. Y era en aquellos momentos cuando Águeda recurría a las ideas igualitarias que había escuchado en las conversaciones de su padre con don Andrés o que había leído en los libros de su rincón de la biblioteca.

Pepa, por su parte, veía con escepticismo las relaciones desiguales. A su cabeza volvía de forma recurrente su fracasada relación.

—Catalina, por supuesto, siempre estaba por encima de mí en sus pasiones. Yo jamás hubiera escrito una carta para Joaquín. Me habría muerto de vergüenza antes de poner por escrito unos sentimientos que ni siquiera comprendía. Sin embargo, me era tremendamente fácil escribir para ella. —Doña Águeda confesó a continuación su truco para hablar de sentimientos que nunca había experimentado—: En realidad, me limitaba a plasmar los sentimientos acartonados y repetidos que había aprendido en las novelas románticas que leía para mi amiga. Aquel verano las cartas que tuve que escribir tenían como destinatario a Gonzalo Mesía. Pero por primera vez, ese destinatario no era una fantasía. El padre de Catalina tenía un claro deseo de unir la familia de los Mesía con la suya, sin importar la diferencia de edad entre los cónyuges.

Es cierto que en aquel caso, la carta podría llegar a manos del tal Gonzalo, así que a las jóvenes se les ocurrió la idea de escribir un panegírico, un poema que Catalina pudiera memorizar —que no leer— y declamar en presencia de Mesía, cuando le conociera. Ambas dedicaron muchas horas a esa tarea, pero la joven solo memorizó los primeros versos. Y el poema quedó guardado en un cajón bajo las carpetas con partituras de arias de *Las Indias galantes*.

Aun así, la relación entre Águeda y Catalina era algo más que la de dos niñas que juegan a fantasear con amores posibles o convenientes. Había más intereses entre los Hernández de Valderrama y los Aguamansas.

8

—Como te dije, el afán de mi padre de conseguir el título era un pozo sin fondo. Los abogados iban comiéndose nuestra hacienda y don Rafael le ayudaba a financiar aquella lucha por un papel que, según él, me correspondía en justicia. —Doña Águeda se detuvo un momento y pensó—. No. Creo que lo que hacía don Rafael no era precisamente ayudar. En realidad compraba las propiedades de mi padre a bajo precio para financiar con aquel dinero la lucha por el marquesado. Había encontrado el modo de sacar tajada a los préstamos que le hacía para pagar a los abogados que pugnaban por mi título.

—Los ricos, siempre sacando partido —suspiró Pepa.

—Sí. Alguno sí. —La mujer decidió no incluirse en ese grupo de «ricos» que decía la joven y prefirió continuar con su relato—: Don Rafael era un factor determinante en la merma de las dimensiones del cortijo de Aguamansas. Pero lo encubría astutamente como una ayuda. Y reforzaba esta postura con los consejos que daba a mi padre sobre cómo llevar su hacienda. Él se sentía inseguro respecto a la manera de llevar la finca y recurría con frecuencia a don Rafael para requerir su asesoramiento en la gestión de las tierras.

Esta confianza en el consejo de Hernández de Valderrama no era del todo desacertada. En los cortijos de los Hernández de Valderrama, los de don Rafael y los de sus hijos, la situación era muy diferente a la de

Aguamansas. Sus capataces trataban de un modo inmisericorde a los labriegos, las jornadas era interminables, y como consecuencia de todo esto, las ganancias eran más que aceptables.

—Mi padre podía seguir todos los consejos de don Rafael en cuanto a los productos que debía plantar. —Doña Águeda enumeraba contando con sus dedos cada momento del enunciado—: Cambió los garbanzos por la remolacha cuando abrieron las azucareras, el trigo por el centeno para poder rotar más cosechas. Introdujo vides con más o menos éxito y se planteó muy seriamente ampliar progresivamente el número de olivos a costa de los campos de girasoles, que daban un aceite de peor calidad. Pero en lo que nunca transigiría sería en tratar mal a sus labriegos.

—Si era un hombre de principios, ahí lo demostraba —apuntó Pepa.

—La mayoría de los consejos parecían bienintencionados, pero lo cierto es que los beneficios, que no eran tantos como los que estimaba don Rafael, se consumían en los abogados de la capital. —Doña Águeda iba adoptando un semblante sombrío al contar esta parte de la historia—. Cuando mi padre necesitaba más dinero, aparecía don Rafael y le ofrecía buenos cuartos a cambio de unas cuerdas, normalmente las que lindaban con la suya.

Don Alonso era poco dado a mirar los mapas, pero si lo hubiera hecho, se habría dado cuenta de que en los últimos años don Rafael le había quitado más de un tercio de sus propiedades. No en vano era hijo de «el de los cortijos».

—En varias ocasiones le dije a mi padre que a mí no me importaba el título. Lo decía cada vez que escuchaba las conversaciones entre mi padre y don Rafael, en las que decía que los abogados le aseguraban que sería caro recuperarlo, que él no era el heredero legítimo y que yo era menor de edad. Mi padre siempre contestaba lo mismo, que ese título era mío y no iba a dejar que nadie nos lo arrebatase. Luego siempre se dirigía hacia don Rafael, en busca de su aprobación, y él se la daba: «Hace usted bien, don Alonso. No es solo su derecho, sino su deber, proveer a su hija de un título que le corresponde», le decía, y alzaba su copa de coñac para brindar por el buen fin de la empresa.

»Todas esas cosas pasaban mientras el servicio ponía a punto el cortijo de los Hernández de Valderrama para don Rafael y su hija —concluyó la mujer—. El día en que partían para su casa, Catalina, agarrada de mi brazo como cuando llegaba, me contaba el último cotilleo antes de partir. Aquel último año me preguntó si iría a visitarla a El Sotillo, porque su padre había invitado a un hombre de negocios con el que parecía estar interesado en hacer tratos. Y luego, cómo no, empezó a fantasear: decía que aquel tipo era un héroe de la Guerra Grande, allá en Cuba, y luego se acercó a mi oído para contarme que era un hombre casado en segundas nupcias, después de enviudar, y que había criado él solo a un hijo.

Pepa recordó de nuevo su fallido amor, cuya sombra, extrañamente, había ido sobrevolando toda esa conversación.

—Contado así, ese personaje parece bastante atractivo, ¿no? —le preguntó a doña Águeda.

—Al parecer, ese hombre es alguien muy conocido en Puente Viejo —casi susurró doña Águeda, y la joven se tensó al presentir las palabras que llegaban acto seguido—: El teniente Salvador Castro.

A Pepa le hubiera gustado relajar la tensión que la ponía en guardia, pero fue imposible. Aquel nombre cayó como una roca en un lago a principios de primavera. Y del mismo modo que la roca resquebraja la fina capa de hielo que el sol empieza a fundir, se resquebrajó su propia calma. Doña Águeda se dio cuenta:

—¿Lo conociste?

—No. Cuando llegué aquí era solo una referencia, y no muy buena precisamente —mintió Pepa.

De Salvador Castro emanaba todo el sufrimiento de Pepa: él era el marido de la temida Francisca Montenegro. Mucho antes de saber de quién se trataba, con poco más de dieciséis años, Pepa tuvo una relación con su hijo, Carlos Castro, al que ahora odiaba profundamente por haberle arrebatado lo que más quería.

—Sé de sobra lo que era Salvador en Puente Viejo. —Doña Águeda interrumpió los pensamientos de la joven—. Sé que era un ser retorcido y oscuro, que impuso un clima opresivo en los campos de la zona y que atormentó a su propia familia, a la que hizo la vida imposible.

Doña Águeda también había oído que Tristán, su otro hijo, no dudó en embarcarse de modo voluntario en la guerra de Cuba solo por escapar de su padre.

—También sé que nadie habla bien de él, pero yo lo conocí antes de que se convirtiera en un monstruo. O al menos antes de que nos diésemos cuenta de que lo era.

Los labios sellados de Pepa la animaron a continuar.

—La tarde en que mi padre y yo llegamos a El Sotillo fue la misma en la que se suponía que iba a presentarse Salvador. Como siempre hacía, Catalina me tomó del brazo, ansiosa por contarme las últimas novedades sobre el esperado visitante. Había estado en la cocina, cuchicheando y había descubierto cosas muy interesantes sobre él.

Pero cuando estaba a punto de contárselas, el ruido de cascos de una comitiva que se acercaba rápidamente interrumpió su confidencia.

9

Lo primero que vieron las dos jóvenes fue la llegada de un espectacular caballo negro que se encabritó al acercarse a la casa. Con la camisa y la casaca militar abiertas, la melena al viento y aquel control sobre la bestia, que relinchaba manoteando sus cuartos delanteros en el aire, Salvador no necesitó mucho más para despertar el interés de Catalina. Ni en la mejor de las novelas románticas hubiera podido encontrarse una llegada tan épica. Y aquella era real.

Pero la llegada de una calesa cargada de presentes desposeyó a Salvador de la atención de las miradas. No era el contenido de dicha calesa lo que llamaba la atención. Era su conductor. Se trataba de Kairaba Kumoo, el exótico esclavo negro de Salvador. Si Salvador impresionó a Catalina, la musculatura y el color de la piel de aquel esclavo atrajo la mirada de Águeda: era la primera vez veía a una persona negra. Antes solo había visto grabados y dibujos, pero el contraste con su propia piel le resultó asombroso. No solo eso, sino su actitud, su mirada y su porte; incluso ese pañuelo ocre cubriendo su cabeza le pareció tremendamente exótico.

—Pero Salvador se acercó y su manera de presentarse ante nosotras, la forma de besar nuestras manos y la seducción de su mirada consiguieron que toda nuestra atención volviera a él. —Realmente, doña Águeda estaba describiendo a un seductor.

Ese mismo comportamiento de seducción era el que Pepa recordaba en su hijo Carlos Castro, y la primera vez que se presentó ante él como miembro del servicio. Carlos nunca le hubiera besado la mano, pero la joven sí percibió esa mirada seductora que interrumpió su respiración y su pulso.

—Ese negro que tanto llama su atención, señoritas, es Kumoo —les explicó Salvador a las niñas, consciente del revuelo que provocaba su esclavo—. Pertenece a la tribu malinké. Sus abuelos debían correr por la selva cazando leones. En cuanto a él, a pesar de haberse pasado la vida en las plantaciones de Cuba, apenas balbucea nuestro idioma y se ha criado exclusivamente con los suyos, por lo que es un completo salvaje y un impío.

—¿Acaso no está bautizado? —preguntó Catalina, religiosa.

—No, señorita —precisó Salvador—. Ha decidido ir directamente al infierno.

Catalina se llevó una mano a la boca, asombrada. Lo que intrigaba a Águeda, en cambio, no era la salvación del alma de Kumoo, sino su hieratismo al escuchar hablar sobre él. ¿De verdad no entendía lo que decían? Porque todo parecía indicar que así era.

—Es un pagano que adora a sus ídolos —prosiguió Salvador acercándose a Kumoo—, un medio brujo, capaz de echar mal de ojo. En cualquier caso, ahora es mi esclavo.

—¿Será seguro tener aquí a un salvaje? —inquirió don Rafael.

—No dará ningún problema, se lo garantizo —afirmó socarrón—. Dormirá con los caballos.

—¿No tiene miedo de que se escape? —preguntó Águeda, sin entender muy bien por qué aquel ser, que sin duda albergaba una fuerza física tremenda, parecía tan sumiso ante su amo.

—No tiene donde ir —tranquilizó Salvador—. Un malinké en esos campos no pasaría desapercibido. Además, los esclavos son cobardes por naturaleza.

—Salvador lo definió como una especie de botín de guerra de sus años de lucha en la guerra de Cuba —completó doña Águeda.

—Pero ¿la guerra de Cuba no es más reciente? —Pepa no entendía ese desfase temporal.

Águeda aclaró que ella había vivido tres guerras de Cuba a lo largo de su vida. La primera fue esa en la que combatió Salvador: la guerra de los Diez Años o Guerra Grande, entre 1868 y 1878, que empezó cuando ella era niña; luego la Guerra Chiquita, que duró solo un año, y la Guerra Necesaria, a la que se refería la joven.

—Esa es la que tú seguramente recuerdas, Pepa. Y esa es la que, dadas sus consecuencias, sospecho ensombrecerá a las anteriores. —Águeda seguía contando—. Los militares de la guerra de los Diez Años volvieron a España como héroes, que en nada tienen que ver con los desarrapados y pobres soldados que sin duda tú viste llegar al acabar la guerra del 95.

—Sí, una vez vi un grupo —rememoró con tristeza la joven—. Eran soldados que volvían de la guerra famélicos, y se bañaban en el río tras quién sabe cuántas jornadas a caballo. Uno de ellos era especial. Sus ojos parecían haber visto tanto horror... Aún los recuerdo —añadió Pepa, triste, ocultando que aquellos ojos eran los de Tristán. Aquel fue el día en que se encontraron por primera vez.

Águeda había oído a su padre discutir con don Rafael sobre la guerra de los Diez Años. Desde una distancia de más de diez mil leguas, don Alonso veía las reclamaciones de los sublevados como legítimas. Consideraba un atraso atávico una sociedad que pudiera tener esclavos, aunque fuera en las colonias, mientras que don Rafael era partidario de aplastar cualquier intento de alzamiento de las colonias y culpaba a la Revolución del 68, que para él no tenía nada de Gloriosa, de todos los males del país.

Antes de pasar al interior, Salvador les mostró los presentes que traía. Como sabía de la afición de Catalina a la música, trajo un tambor batá que a todos les pareció algo así como un tiesto largo. Entregó a don

Rafael un extraño botijo, también alargado, decorado con colores chillones. Y además, alimentos exóticos, de los que sí habían oído hablar, incluyendo una semilla de cacao, cuya esencia, el chocolate, conocían más que de sobra aunque nunca la hubieran visto antes.

Salvador sabía cómo fascinarles. Esa mercancía suponía un soplo de olores nuevos y desconocidos…

—Los mayores pasaron al interior a tomar un aperitivo, y nos dejaron solas a Catalina y a mí —aclaró doña Águeda—. Y una vez solas, mi amiga estalló en saltos de emoción, empeñada en que Salvador era: alto, fuerte, de piel blanca, nariz fina y bien perfilada, que contrastaba con un bigote y una perilla tan oscura y brillante. Y una voz ronca, tan varonil… Mi amiga era una soñadora.

—Parece que se había olvidado de su Gonzalo Mesía —apostilló Pepa.

—Casi. Pero sabía que Salvador estaba casado. Ahí venía lo que más le fascinaba a ella. Estaba casado en segundas nupcias, como Alfonso XII, y como Gonzalo. Esta casualidad le parecía tremendamente excitante.

Eso era justo lo que Catalina había escuchado en las cocinas. Salvador Castro había estado casado años atrás con una asturiana, con la que tuvo un hijo, Carlos, que debía de tener la misma edad que Águeda.

«¿Te imaginas que es tan guapo como él? Podría ser un buen partido para ti, si te olvidas de tu Joaquín», le decía Catalina. Aquella cabeza no podía parar de organizar romances, desde luego. Y abanicándose sofocada, añadía: «Todos estos pensamientos harán que tenga que ir antes de lo previsto a los Remedios a confesarme con el padre Julio».

Por lo que Águeda sabía del padre Julio, el párroco del pueblo, Catalina tenía cierto interés en contarle sus fantasías y él en tirarle de la lengua para escucharlas. Ella misma se había visto sometida a esos intentos por parte del padre de sonsacarle sus pensamientos íntimos. Como consecuencia, Águeda había dejado de visitar la iglesia de los

Remedios y su padre nunca se lo había reprochado. Además, tampoco tenía nada que contarle. Hasta el momento no se había fijado en Joaquín de un modo carnal.

—¿Conoció usted a Carlos, el hijo de Salvador? —quiso saber Pepa.

—No, nunca llegué a verle. ¿Y tú? —quiso saber, aun conociendo ya de antemano la verdad de aquella pregunta.

Pepa estuvo tentada de mentir o guardar silencio. ¿Por qué tenía que contarle su vida a la que hasta hace poco era una desconocida? La había ayudado y le había contado cosas de su pasado, pero eso no significaba que ella tuviese que hacerlo. Sin embargo, al mirar a doña Águeda supo con certeza que se sentiría liberada si le daba voz.

—Yo sí. Cuando mi madre murió, entré a servir con Teófila, una partera más joven, a la que mi madre había enseñado —comenzó a relatar—. Poco después, ella entró a servir en una mansión en Asturias, y yo fui con ella. El dueño de aquella casa era Carlos Castro. ¡Casualidades de la vida!

—Las casualidades no existen —afirmó doña Águeda—. Que a dos personas les sucedan cosas similares solo puede explicarlo una causa: la fuerza del destino. Ella es la que establece esos vínculos.

Pepa no terminaba de creer lo que doña Águeda decía, pero callaba.

—Entonces no es casualidad que usted haya venido aquí, ¿verdad? —En realidad no preguntaba. Buscaba que una voz ajena le diera la razón en lo que llevaba un rato pensando—. Dejaré de aceptar sus cuidados, doña Águeda, si no me dice qué es lo que pretende y qué tiene que ver todo esto conmigo.

—No, no es casual que haya llegado hasta ti —reveló doña Águeda sin dejar de mirarla. No quería perderse ni un gesto que revelara las reacciones de Pepa ante lo que iba a contar—. En realidad tengo muchos datos sobre ti. De hecho, te he estado buscando.

—¿Buscándome? ¿A mí? ¿Por qué?

—Antes te dije que conocí a la Candelaria... Lo que no te he dicho aún es que ni tú ni yo estaríamos aquí hoy de no haber sido por ella.

Pepa calló y la mujer continuó hablando:

—Josefa y yo pasamos muchas noches juntas y durmiendo al raso. Y del mismo modo que con Catalina las conversaciones eran de grandes amores románticos, las que mantenía con la partera eran sobre una vida real y dura. La suya. Llegamos a conocernos muy bien, la Candelaria y yo. Como ya sabes —continuó doña Águeda—, ayudó a nacer a muchos niños: recorría los campos de pueblo en pueblo y allí donde paraba, dejaba fama de solucionar partos de lo más complicados. —La chica asintió. Sabía todo aquello, pues la siguió de niña por los caminos—. Lo que quizá no sepas es que, por desgracia, cuando era muy joven, perdió a su primer hijo.

Pepa quedó sorprendida ante dicha revelación. Doña Águeda tomó aire: aquella no era la única revelación que la esperaba en aquella conversación.

—Era apenas una mocita, una aprendiz de partera, cuando se enamoró de un hombre: un buhonero que viajaba en un carromato, acompañando a un grupo de titiriteros. Eso fue hace muchos muchos años, Pepa. Y también sé que cuando aquel buhonero obtuvo de ella lo que quiso, la abandonó a su suerte. Aun así ella lo siguió, puede que por amor o para revelarle que llevaba a su hijo en sus entrañas. Cuando el buhonero supo que estaba embarazada, le dio tal paliza que ella quedó muy mal parada. Siguieron días de hemorragias, en los que Josefa aplicó todo su saber para no perder al niño. En un chozo, no muy diferente de este en que nos encontramos, se refugió del invierno y preparó una bebida con vino blanco y hojas de ciprés, uno de los tesoros de su zurrón, que sabía que atajaba los abortos. Bebió, pero la hemorragia no cesaba. Al principio era un sangrado constante, luego, al cabo de los días, la sangre fluida pasó a convertirse en un coágulo y Josefa supo que ya no había nada que hacer. Aquella masa de un púrpura oscuro y brillante era el final de todo.

Pepa pensaba en las casualidades. En el refugio en un chozo, en un alumbramiento sola y en cómo, por una u otra razón, ni su madre ni ella pudieron abrazar a su hijo. ¿No era todo aquello una locura? ¿La vida no tenía un sentido del humor demasiado enfermizo?

—Josefa salvó la vida de muchos niños, pero su ciencia no sirvió para salvar la del suyo —sentenció doña Águeda—. Con aquel aborto selló su desconfianza hacia los hombres. Jamás pudo curar esas heridas en el alma, como tampoco logró hacer cicatrizar su matriz, que desde aquel momento quedó estéril.

—¿Estéril? —casi disparó Pepa—. Eso es absurdo. ¿De dónde vengo yo entonces? ¿Del aire? La gente cuenta cosas. Las parteras están siempre en boca de todos. Dicen, hablan, cuchichean, pero todo es mentira. Todo eso es un cuento de viejas. Un cotilleo como tantos otros que nacen en los pilones de los pueblos y se hacen grandes al contarlos.

Pero mientras decía todo eso, la joven pensaba que siempre había creído que su madre era muy mayor para haberla tenido a ella y que no se parecían en nada.

—Ella misma me contó todo esto con lágrimas en los ojos, Pepa. No es un rumor que escuché en las cocinas del cortijo —afirmó doña Águeda, segura—. Josefa no era tu madre. Créeme.

—Y ha venido hasta aquí para decírmelo. ¿Cómo puede estar tan segura? —Pepa casi gritaba furiosa, pero estaba aterrada. Veía como aquella desconocida iba poco a poco resquebrajando su mundo, haciéndole dudar de lo poco que hasta ahora había tenido claro.

Doña Águeda la tomó de los brazos y la sacudió para calmarla y obligarla a sostener su mirada. La joven lo supo antes de que la mujer abriese la boca.

—Pepa, tu madre soy yo.

10

Sin saber cómo, ni de dónde salieron las fuerzas, Pepa se zafó de las manos de doña Águeda y salió del chozo. Quería huir de todas aquellas verdades que golpeaban en sus sienes. Pensaba que si se alejaba de allí, todo aquello se derrumbaría y no la aplastaría. Corrió, o creyó correr, pero la fuerza que da la rabia solo perdura si el cuerpo acompaña. Sus rodillas fallaron y cayó sobre la nieve. Exhausta. Sintió una mano en el brazo de la que intentó liberarse, pero esta era más fuerte que la de doña Águeda.

Se giró y vio a Olmo. Él la levantó como quien levanta una pluma y la hizo sentarse sobre un tronco caído.

—Supongo que no quieres volver al chozo, ¿verdad?

—No quiero verla —dijo Pepa, negando con la cabeza.

—Espera aquí, entonces. Iré a buscar algo para abrigarte. —Se dio la vuelta y caminó hacia la cabaña, en el umbral de cuya puerta estaba doña Águeda. El joven entró a buscar una manta.

—¿La has dejado sola? Se irá, Olmo. Volverá a desaparecer —apremió la mujer.

—No tiene fuerzas para mantenerse en pie. No irá a ningún lado.

—Lo hará en cuanto las tenga. —Doña Águeda se sentó en el jergón que antes había ocupado Pepa—. Debes convencerla. A mí me odia en estos momentos. No me escuchará.

Sin ni siquiera un sonido que denotara que había entendido el mensaje, Olmo salió con la manta en la mano, en busca de Pepa. Cuando llegó a su lado la abrigó e intentó abrazarla sin otro ánimo que hacerla entrar en calor, pero ella rehuyó el abrazo.

—Por muy bien que me trates, no me vas a convencer de las mentiras de tu señora —dijo arisca.

—No es mi señora —contestó Olmo con calma—. Es mi madrastra. Creo que eso nos convierte en algo parecido a hermanos.

—¿Otra mentira más? Yo no tengo hermanos.

—Doña Águeda se casó con mi padre tras la muerte de mi madre. Tú y yo somos hermanos, sin una gota de sangre en común, pero algo parecido a hermanos.

—¿Quieres marcharte? ¿Queréis dejarme sola? ¿Queréis dejarme en paz tú y tu madrastra? —Pepa gritó hasta que un arranque de tos quebró su voz y la hizo doblarse. Olmo prosiguió, con calma.

—No sé qué es lo que te ha contado en esa cabaña, pero hay una cosa que yo sí puedo asegurarte: lleva mucho tiempo buscándote. Y cuando digo mucho tiempo, me refiero a años.

—Pues os equivocáis de persona. Yo sé muy bien quién soy. No perdáis más el tiempo conmigo.

—En ese caso, vuelve allí y explícaselo a ella. Explícaselo a la mujer que ha estado varios días cuidándote cuando estabas febril e inconsciente. A la que ha dormido en el suelo para velarte. A la que salvó tu vida. Creo que al menos deberías escucharla.

Otro ataque de tos impidió que Pepa contestara y Olmo prosiguió.

—Ella no soportaría que te pasara nada malo. Y además —dijo realmente preocupado—, esa tos tuya no suena nada bien.

—¡Prefiero morirme antes que volver a verla! ¡No quiero escuchar más mentiras!

—Bien. Así sea. Pero libera al menos mi conciencia. Déjame que te saque de aquí. Déjame llevarte a un lugar más adecuado. No verás a nadie que no quieras ver. Y te marcharás cuando te recuperes. —Pepa le miró, desconfiando—. Si mueres aquí, la culpa no me dejará tranquilo.

—Esto es una jugada de ella. —Seguía sin creerle.

—Tienes mi palabra —remató Olmo.

—Esa mujer maneja a todo el mundo. Te maneja a ti y te manda para manejarme.

—Te aseguro que ella nunca aceptaría unas condiciones así —dijo el joven, confidente—. Intentaré convencerla de que esto es lo más adecuado. Y ella aceptará porque te prefiere viva y lejos que cerca y muerta.

Un frío viento anunció un recrudecimiento de la temperatura y la tos que estalló de nuevo agudizó el dolor en el pecho de Pepa. No sabía si era la enfermedad o la presión del pasado que se le acababa de revelar, pero lo cierto es que la imagen de un lugar cálido y acogedor le pareció seductora. Probablemente porque, en aquel momento, ceder era la única posibilidad de seguir con vida. Y a ella, lo que mejor le habían enseñado el mundo y esa madre que ahora le negaban era a ser una superviviente.

—¿Has venido a caballo? —preguntó la joven tiritando y con la mirada vencida.

II

Durante muchos días, Olmo fue el único autorizado a entrar en la habitación de Pepa en El Jaral. Con la salvedad de una criada que la lavaba y le recogía el pelo cuando despertaba, era él quien se encargaba del resto. Hasta le llevaba las comidas a la cama. Se sentaba con ella a vigilar que comiera, pues al principio la joven se negaba incluso a eso.

Doña Águeda le interrogaba cada vez que salía de la habitación, buscando averiguar cómo avanzaba todo. ¿Había comido? ¿Había mejorado? ¿Había dicho algo importante? Pero fuera de las novedades de un restablecimiento que se iba produciendo día tras día, Olmo podía dar pocas noticias. Pepa apenas hablaba con él. Estaba muy triste, pero se habría muerto antes de confesarlo. Le entristecía digerir todas las novedades respecto a sus orígenes.

Aquella mañana no fue muy diferente en lo que a los silencios se refiere. La chica desayunó un poco de pan de hogaza con leche bajo la mirada de Olmo y luego él salió de la habitación, llevándose vacía la bandeja que había traído llena. Esa fue la única buena noticia: Pepa había comido todo lo que le habían servido sin decir ni una palabra.

Sin embargo, cuando Olmo fue a cerrar la puerta tras de sí, oyó su voz:

—Ya falta poco para que pueda irme, ¿verdad?

—Te estás reponiendo, sí —contestó él desde el umbral.

Pepa no respondió. Giró su cara hacia el débil sol de aquella mañana de invierno y dio por terminada la conversación.

Al bajar, Olmo se topó con doña Águeda en el patio. Abroncaba a unos albañiles que habían llegado con mazos para derruir un muro.

—¿No les ha dicho su capataz que no quiero ruidos? —les decía en un tono de voz extrañamente bajo.

—¿Y cómo quiere que ampliemos entonces el gabinete, señora? —le contestaba el otro, socarrón, mirando a su compañero.

—¡Pues no se amplía hasta que yo diga! ¡No quiero ruidos! ¿Ha quedado claro? —No habló más alto que antes, pero no por ello su voz perdía autoridad.

Olmo se acercó a los albañiles y los despidió.

—Díganle a su jefe que los llamaremos cuando podamos empezar la obra. Yo mismo acudiré a buscarlos.

—Esto pasa por no haberte espabilado con la compra de la casa —espetó doña Águeda una vez los albañiles hubieron salido.

—Es verdad, pero ya sabe cómo es Salazar.

—¡Paparruchas, Olmo! Si no te hubieras hecho el remolón, la casa ya estaría terminada y no tendríamos que estar hacinados en habitaciones sin terminar. —Doña Águeda no paraba mientes a la hora de reprochar—. Menos mal que Pepa al menos está en una habitación decente.

—Por cierto, temo que quiera irse. Ha preguntado si podrá marcharse pronto.

—Pues no puede irse hasta que averigüemos qué es lo que la hizo llegar a ese chozo en ese estado. Tenemos que saber de qué huía esta niña. —La mirada de doña Águeda se iluminó y Olmo se quedó parado mientras ella se daba la vuelta para entrar hacia la casa—. ¿A qué esperas? —Se volvió hacia él—. No te quedes ahí como un pasmarote. Yo tengo muchas cosas que hacer. Y después de tanto tiempo no pienso perder a mi hija a causa de tu indolencia.

El joven calló, pero realmente comenzaba a hartarse de que su madrastra lo tratara a banquetazos. Parecía su recadero, más que su hijastro.

Cierto que doña Águeda tenía muchas cosas que hacer, pero la fundamental que rondaba por su cabeza era hablar con Pepa. Cuando entró en la habitación, la joven estaba levantada y vestida. Repuesta, recogía sus escasas pertenencias para marcharse.

—No creo que estés lo suficientemente fuerte como para eso, Pepa. —Esta se giró hacia la voz y miró hacia la puerta, como buscando una ayuda—. Olmo no está. Ha ido al pueblo —dijo doña Águeda, leyendo su pensamiento.

—Mi condición era no volver a verla, medio marquesa. —Ese tratamiento tranquilizaba a Pepa, ponía distancia entre ellas.

—Tengo algo que contarte antes de que te vayas y sé que va a interesarte. Te aseguro que no tiene nada que ver con esa «tontería» de madre e hija —dijo con ironía.

Dando la espalda a doña Águeda, la joven miró hacia el cielo con esa actitud de «Dios mío, otro cotilleo de pilón de pueblo» y contestó:

—Solo escucharé mientras recojo, así que mejor que sea breve.

—Te interesará y te daría igual que fuese largo… Aunque no lo será —dijo doña Águeda sentándose en el mismo sillón de otomán azul en el que Olmo se sentaba para vigilar a Pepa—. Al igual que yo me fijé en Joaquín, Asunción Suárez, heredera de una considerable fortuna en un pueblo de Asturias, se fijó en un muchacho que servía como mozo en la mansión familiar. Pero en su caso sí que hubo algo más que miradas. Los dos muchachos mantuvieron una relación hasta que el padre, sospechando que sucedía algo, irrumpió armado en la alcoba de la hija a primera hora de la mañana, y descubrió a los dos amantes en el momento de la despedida.

Pepa seguía recogiendo sin prestar ninguna atención, en apariencia, a lo que le contaban. Doña Águeda prosiguió.

—El joven escapó por el balcón, pero cayó al vacío al tratar de saltar a otro, sin duda asustado por la presencia del padre. Se abrió la cabeza. Muchos dicen que no fue mortal, pero igualmente murió a los dos días sin que los familiares pudieran reclamar el cuerpo, y por lo que sé, durante mucho tiempo se rumoreó que el padre no permitió que el chico se recuperara e incluso que lo mató con sus propias manos.

Hizo una pausa, pero no vio reacción en la joven.

—Asunción casi enloqueció cuando lo supo. Culpó a su padre de su desgracia y dejó de comer. Parecía destinada a consumirse de pena, como castigo a quien había provocado la muerte de su amante.

—¿Por qué tendría que interesarme esa historia? —interrumpió Pepa, que había acabado de recoger—. Ese tipo de relaciones siempre acaban mal. No es diferente de cualquier otra.

—¿No estás siendo demasiado dura?

—Tal vez, pero mi tiempo aquí se ha acabado —dijo dirigiéndose hacia la puerta. Doña Águeda se interpuso en su camino y siguió contando.

—Asunción comenzó a comer de nuevo cuando descubrió que estaba embarazada. Los problemas ahora los tenía su padre, que debía hacer frente a la humillante situación de darle un progenitor a su futuro nieto cuando todo el mundo estaba ya al tanto de la relación de su hija con el mozo.

Como Pepa se impacientaba, doña Águeda aceleró su relato.

—La solución vino de manos de un joven oficial que había participado activamente en la última batalla de Somorrostro. Este alférez de caballería mostró un especial valor en la batalla, por lo que de inmediato fue ascendido a teniente. Se trataba, obviamente, de Salvador Castro. Y el niño fue bautizado con el nombre de Carlos.

—Entonces..., ¿no era hijo de Salvador? —Pepa escuchó sorprendida ese nombre.

—Por suerte para ti, no lo era.

—¿Por suerte para mí? ¿Qué pretende decir con eso?

—Sé bien lo que pasó en la mansión de Asturias —dijo doña Águeda, conciliadora—. Recuerda que he empleado muchos años en buscarte.

Pepa optó por no negarlo:

—Yo solo era una niña. Y Carlos era deslumbrante, igual que su Salvador llegando a lomos de aquel caballo negro —se justificó. Era la primera vez que hablaba de su relación con Carlos y se sorprendió al hacerlo—. Y puede que tuviera la misma forma de besar la mano.

—No tienes que justificarte, niña. Lo que pasó pasó.

—Carlos juraba que me amaba, que iba a dejar a su mujer, que no era feliz con ella… —Pepa enunciaba cada frase como una justificación, más para sí que para la mujer—. Y yo me enamoré de él…

—Y concebisteis a Martín…

La joven la miró boquiabierta.

—Ya lo sabía todo, Pepa.

—¿Qué más sabe?

—Sé que eres una chica lista. Por eso sé que estás convencida de que cuando te dije que yo era tu madre y te hablé de Salvador Castro, tú pensaste que él era tu padre.

—¿Y no es así?

La mujer asintió con la cabeza y la joven, hundida ante esa revelación, prefirió guardar silencio. Doña Águeda prosiguió.

—Salvador es tu padre, sí. Por eso era importante que supieras que Carlos Castro no es tu hermano. Y que, por lo tanto, vuestro hijo no es fruto de una relación antinatural.

La joven no sabía si creer a doña Águeda, pero algo en el fondo de su alma le decía que aquella mujer no mentía. ¿Para qué iba a mentir? Pepa no tenía nada que ella pudiera desear. Aun así intentó rebelarse por última vez.

—¿Acaso cree, medio marquesa, que sus historias me van a hacer más feliz? —dijo rabiosa—. ¿Se imagina lo que he sufrido pensando que

Martín estaba maldito desde el momento en que fue concebido? ¿Que yo y solo yo era responsable de su muerte al quebrantar de este modo todo lo sagrado?

—En cualquier caso, ahora sabes la verdad —afirmó doña Águeda—. Pobre niña, has sufrido tanto. Tu encuentro con Carlos Castro fue un lamentable error. Que más tarde conocieras a Tristán, casi una burla del destino.

—Tristán no fue ningún error —Pepa no iba a consentir esos términos—. Usted no tiene ningún derecho a hablar así.

—Pero Tristán es…

—Lo que había entre nosotros se acabó. —Casi rugía—. Pero eso no le autoriza a hablar de él de ese modo.

Recogió un bolso con sus cosas y salió hacia la puerta. Doña Águeda se interponía en su camino y durante unos interminables segundos le mantuvo la mirada, fría y decidida. La mujer acabó vencida y se hizo a un lado franqueándole el paso.

Cuando Pepa hubo salido, volvió a sentarse en el sillón que antes había ocupado. Clavó la vista en el suelo.

—Tiene toda la vida por delante —murmuraba como una cantinela para sí misma—. Puede empezar de nuevo. Y yo podría ayudarla.

Pepa bajó las escaleras como un torbellino y se encontró de bruces con Olmo, sentado en el patio.

—¿Tú no estabas en el pueblo? —le preguntó sorprendida mientras pasaba a su lado.

—Preferí esperarte. Sabía que ibas a necesitar un transporte.

12

Olmo conducía la calesa que la llevaba lejos de aquel lugar al que nunca debió llegar. Se mantuvieron en silencio por un tiempo, pero él sentía que debía decirle algo. En cierto modo se responsabilizaba de todo lo que le estaba pasando en los últimos días.

—Creo que te debo una disculpa. —Pepa fue a hablar, pero Olmo la interrumpió—. No, por favor. Déjame decirlo o no encontraré el valor de hacerlo. Fui yo quien te encontró. Por orden de mi madrastra, es cierto, pero yo te traje a todo esto.

—Siempre haces todo lo que ella te pide, ¿verdad? —Él calló y quien calla otorga—. Pero sabes más de lo que dices, ¿no es cierto?

—Sé muchas cosas, sí.

—¿Qué vio tu madrastra en Salvador? ¿Cómo pudo caer en brazos de un ser tan despreciable?

—Ella no me ha hablado nunca de eso. Y yo no le he preguntado.

—¿Qué más sabes entonces, Olmo?

—Te ha contado cómo llegó Carlos Castro a este mundo, ¿no es así? —preguntó, y ella asintió con la cabeza—. Salvador le acogió como hijo suyo. Tanto que lo moldeó a su imagen y semejanza. Ese chico tuvo el mejor de los maestros, y Salvador el mejor de los alumnos, que seguía la estela de su padrastro en todo.

Salvador había conseguido medrar gracias a su primer matrimonio con doña Asunción primero y doña Francisca después. Carlos Castro seguía la misma estela uniéndose a los Orellana a través del matrimonio con su hija Elvira.

—Probablemente, mi madrastra vio en Salvador lo mismo que tú viste en Carlos. En realidad ella y tú no sois tan diferentes —concluyó Olmo, que le decía algo que ella misma ya había pensado antes—. Si le reprochas su relación con Salvador, quizá deberías también reprocharte la tuya con Carlos.

—No estoy orgullosa de esa historia. Solo lo he estado del fruto que dio y que perdí.

—Puede que ella también se avergüence de lo mismo que tú y esté orgullosa de lo mismo. La diferencia es que ella ha luchado por encontrar aquello que perdió. Y lo ha hecho durante toda una vida.

—Yo también dediqué mi vida a buscar a mi hijo, pero…

—Pero ¿qué, Pepa?

—Pero no me atreví a decirle que yo era su madre. Por miedo a que me rechazara. Se me habría partido el corazón. —Las lágrimas afloraron a los ojos de Pepa—. Por eso no lo hice. Y ahora, mi hijo está muerto.

—Y ahora tú haces justamente lo que te hubiera aterrado que hiciera tu hijo contigo. —Aquel discurso era de un sentido común inapelable. Pepa dudó.

Había sido injusta con una mujer mucho más valiente que ella. Puede que ambas hubieran cometido los mismos errores en el pasado, pero doña Águeda tenía el coraje de ir a por lo que deseaba. Un valor del que ella carecía. Y por primera vez entendió cómo debía de sentirse. Por qué había hecho todo lo que hizo. Y supo que no podía reprocharle nada y que había sido cruel con la mujer que le había dado la vida.

13

Doña Águeda escuchó acercarse una calesa sobre el empedrado del camino y pensó que era demasiado pronto para que Olmo estuviese de vuelta. Miró por la ventana del cuarto de Pepa y como una exhalación salió hacia la puerta.

—¡Inés! —gritó por el hueco de la escalera—. Prepara un baño bien caliente. Y adelanta la cena. Seremos tres.

Tras la cena, Olmo se retiró pronto, y las dos mujeres se quedaron sentadas frente a la chimenea con una infusión de valeriana.

—Me gusta que estés aquí, Pepa. No esperaba que volvieses.

—He vuelto para saber toda la verdad. Si usted me la quiere contar, claro. Digamos que es una forma de compensar. —Para Pepa aún no había llegado el momento de admitir a viva voz el valor de doña Águeda—. ¿Qué pasó con Salvador?

—Salvador, Salvador —suspiró la mujer—. Salvador quería proponerles negocios a don Rafael y a mi padre, de modo que se propuso cegarlos antes con sus encantos, como haría un ilusionista antes de hacer un truco. En las veladas que se mantenían en El Sotillo, Salvador sabía dar a cada cual lo que quería. Así, a mi padre le hablaba de la guerra de Cuba…

Don Alonso estaba, en efecto, muy interesado en saber cómo eran las cosas en Cuba, y sobre todo, cómo había sido esa guerra en la que habían pasado a machete a los insurrectos.

—No era una guerra al uso —argumentaba Salvador—, como lo fue la otra en la que llegué a participar más tarde. Aquella de Cuba fue como una guerra de guerrillas contra los mambises y los palenqueros.

—Como las escaramuzas que los españoles mantuvieron contra los franceses en Sierra Morena —aseveraba don Alonso—. Se rebelaban contra su invasor. Solo que esta vez el invasor no fue expulsado.

—En realidad lo que pasó, don Alonso, fue que ese enano indecente de Céspedes se atrevió a proclamar la independencia de la isla con el Grito de Yara. Lo único que saben es gritar. Y tuvo además la indecencia de izar una bandera de Cuba que él mismo se inventó y que bordó su puta mulata, la Cambula, con la que se ha casado y con la que tiene cuatro hijos. —Salvador tenía en el rostro una sonrisa socarrona—. ¡Pero si ni siquiera se han puesto de acuerdo en la bandera! Y los de la Demajuaga, que así es que como llaman a la de Céspedes, se enfrentaban a los del otro traidor, Narciso López. Ambos con banderas horribles. Pero los dos empezaron a tomar ingenios y plantaciones para su Cuba libre e independiente. Había que sofocar aquello y por eso me uní al contingente de Martínez-Campos en su segundo viaje a Cuba.

—¡Hombre, el recientemente nombrado presidente del Consejo de Ministros de Cánovas! —dijo don Rafael, admirado—. ¿Tiene amistad con él?

—Hemos luchado mano a mano en Cuba —fanfarroneó—. Los dos estábamos de acuerdo en una cosa: cualquier destino nos parecía mejor que esa España envenenada por la República Federal. Pero es verdad que aquel primer contingente estaba desorganizado y pudieron con nosotros. Yo enfermé con fiebres en aquella maldita selva y tuve que regresar a España. Sobreviví al viaje de milagro. Pensaba que no podría volver a ponerme un uniforme, pero una vez aquí me repuse y pude luchar en la tercera guerra carlista, donde no me fue nada mal. Tras algunos hechos heroicos en Bilbao fui ascendido a capitán. Pensaba que no volvería a Cuba, estaba casado con Asunción, Dios la tenga en su Gloria, y tenía un hijo, pero el regreso de Martínez-Campos me hizo planteármelo. Quizá había nuevas oportunidades para mí en la isla.

—Pero ¿usted fue a Cuba a combatir contra los insurrectos o a hacer negocios? —preguntó Águeda un poco sorprendida por la última frase.

—Campos supo poner orden en ese lío que ya duraba ocho años. —Salvador prefirió no contestar a la pregunta al verse comprometido—. Las enfermedades eran el mayor peligro para nosotros. Las fiebres. Aquellos nativos se protegían en la selva.

Águeda miraba de vez en cuando a Kumoo, en pie, firme e inalterable. Siempre en un segundo plano.

—¿Qué quería esa gente? —preguntó.

—Desean ser una nación independiente de España —le aclaró Salvador.

—Eso no tiene sentido —dijo don Alonso—. España los protege.

—¿De quién? —quiso saber Águeda.

—De Estados Unidos, de Puerto Rico…

—España los protege de ellos mismos —cortó Salvador—. Una de las pretensiones de los insurrectos es la abolición de la esclavitud. Cuba sin esclavos no es una isla rentable. Dejará de serlo con el tiempo por culpa de ese Moret. Moret ha acabado con Puerto Rico y terminará por acabar con Cuba con su Ley de los Vientres Libres.

—¿Qué ley es esa? —La joven estaba intrigada con el tema.

—Una según la cual los hijos nacidos de esclavos serán considerados hombres libres. Algo absurdo que tendrá que cambiar. Nunca hasta ahora se había sido tan laxo con el tema de la abolición. Se ha dado libertad a los esclavos dependientes del Estado, a los que participaron en la guerra. Todo esto hay que debérselo a la Sociedad Abolicionista Española. —Salvador miró a Kumoo—. Gracias a ellos, Kumoo dentro de poco será una excepción.

—¿Él no luchó en la guerra? —Águeda no entendía.

—Sí lo hizo —rio Salvador—, pero en el bando equivocado. Eso es lo más gracioso. Solo los esclavos que lucharon con los insurrectos fueron liberados.

—Pero eso es absurdo —protestó Águeda—. Este hombre luchó para que Cuba siguiera siendo española. ¿Por qué premian a los otros y le castigan a él?

—Hable con las personas que firmaron el pacto —fue la respuesta de Salvador—. De todas formas, Kumoo no es un hombre, es un esclavo, y afortunadamente no es abolicionista. Sabe el lugar que le corresponde en el mundo.

Kumoo no había intervenido mientras se hablaba de él, pero Águeda tenía la clara sensación de que había entendido todo lo que se decía de su país y de él. Como los animales que sin comprender saben que se habla de ellos. Salvador quiso dejar claro que Kumoo estaba contento con su situación. Se giró hacia él.

—¿A quién perteneces, Kumoo? ¿Quién es tu amo?

—*Batufaa Salvador…* Amo Salvador —contestó el negro.

—¿Qué pasaría si te escaparas?

—*Alamaniyo… Hani kana, hani kanoo. Kairaba Kumoo hani foroo.*

—¿Entiende lo que dice? —Águeda tenía los ojos abiertos como platos.

—Ha dicho que Kumoo no acepta una oferta de libertad. Él no se escapa. No es un hombre libre —tradujo Salvador, satisfecho de la obediencia de su propiedad.

—Entonces —quiso saber don Alonso—, ya no dispone usted de nuevos esclavos para su ingenio.

—Hasta los dieciocho años, los hijos de las esclavas son considerados esclavos, pero luego hay que liberarlos. Con suerte se puede retener a los más aptos hasta los veintidós, pero entonces hay que pagarles. Acabaremos por tener que quitarles el cepo y los grilletes.

Catalina había permanecido callada durante toda la conversación. El tema de la esclavitud la aburría mortalmente, así que su pregunta iba encaminada más bien a averiguar cosas más personales sobre aquel hombre.

—¿Participó usted en alguna batalla interesante?

—No eran batallas. Eran luchas en la selva. La selva era el mayor enemigo —volvió a aclarar Salvador, al que aquella pregunta le ponía en bandeja la oportunidad de contar sus hazañas—. En una ocasión, mi compañía estaba en campo abierto. Los rebeldes nos disparaban desde lo alto de la muralla de la fortaleza de la Jagua. Nos estaban diezmando, y obstaculizaban el paso del batallón que venía detrás.

Catalina apoyó la cabeza en su mano y le miró atentamente.

—Aquel atasco en la posición podía tener consecuencias terribles, pero el ascenso hasta la muralla era inviable. Sin ser acribillados, claro.

—¿Y usted qué hizo?

—Hacía falta derribar el muro. Me hice con varias cargas de pólvora y me dispuse a subir yo solo, para colocarlas al pie. Mi plan era ascender discretamente y abrir un frente para todos los demás.

—¡Aun a riesgo de su propia vida! —se maravilló Catalina, fascinada.

—¿No pensó usted en su mujer o en su hijo? —indagó don Alonso.

—Pensé en la patria —exclamó Salvador, con tono casi de arenga militar. Y aquellas frases terminaron de emocionar a la hija de Rafael Hernández de Valderrama.

Pepa interrumpió el relato de doña Águeda.

—¿Qué pensaba usted de todo aquello?

Había escuchado atentamente y empezaba a hacerse una idea de cómo era Salvador Castro en realidad.

—Aquel hombre era un personaje magnético. Lo interesante de él era el entusiasmo con el que contaba las cosas —explicó la mujer—. Mientras relataba todo esto, había hecho una recreación sobre la mesa del comedor utilizando todos los utensilios que tenía a su alcance. Kumoo era el único que no se arrimaba para ver mejor la distribución, sin duda porque se la conocía.

—Su hijo Carlos era como él —verbalizó Pepa. Lo que calló pero pensó era que, para su desgracia, aquel tipo seductor era también el padre de Tristán.

—No obstante, aquella historia no tenía visos de ser cierta —aclaró doña Águeda—. Un hombre que se presenta con un esclavo no arriesga su vida por los suyos: envía a un subalterno. Pero lo cierto es que Catalina escuchaba fascinada el relato. Y admito que yo también. Así que, por su causa, se entabló una competencia entre mi amiga y yo.

—Dejémonos de guerras —interrumpió Salvador—. Catalina, he oído que tú y Águeda sois dos virtuosas del piano y del canto. ¿Sería mucho pedir que nos deleitarais con una pieza?

Las dos niñas, apuradas, se dirigieron hacia el piano de pared y se sentaron juntas en la banqueta, de espaldas a sus espectadores.

Catalina ya era consciente de que ambas pugnaban por el interés de Salvador. Así que hizo una encerrona a su amiga y la obligó a cantar, cosa que, como bien sabían ambas, no era en absoluto su fuerte.

—Venga, tonta —insistió en voz baja, dando a Águeda un empujoncito con el hombro para que se pusiera en pie y cantara—. Una pieza fácil, la romanza de María del Juramento de Gaztambide. Es una canción de bienvenida. Hay que ser corteses —dijo manipuladora. Y empezaron a cantar.

Guárdeos Dios, noble caballero; albergue y mesa los dos tendrán.
En buena hora llegad, pues aquí siempre fue un deber la hospitalidad.
¿Venís de la guerra?
Su imagen me aterra. ¡Fortuna os dé Dios!

Aquello, como la propia Águeda imaginaba ya antes de empezar siquiera, fue un completo desastre y acabó por convertirse en una exhibición de piano de Catalina, que su amiga abortó antes de terminar la tercera estrofa para no hacer más el ridículo. Don Alonso comenzó a aplaudir y le siguieron los demás, pero por compromiso. Solo por eso.

Era justo, pues, un cambio de roles y que Águeda tocara el piano para compensar su actuación vocal, pero Catalina no iba a consentir aquello y se arrancó a tocar y a cantar el aria de la duquesa de Medina de *Jugar con fuego*, esa que tanto habían practicado antes ambas.

Un tiempo fue que en dulce calma,
libre de mágica ilusión,
ni se agitaba inquieta el alma,
ni palpitaba el corazón.

Cuán presto, ¡ay!, ¡mísera!,
cuán presto huyó,
como un relámpago
desapareció.

Tirano amor, rapaz vendado,
vengose al fin como deidad:
de mis desdenes irritado,
postró a sus pies mi vanidad.

Tú de mis lágrimas
único autor;
salva tu víctima,
¡tirano amor!

Catalina tocaba y cantaba perfectamente y era obvio que sus gorgoritos despertaban la admiración de Salvador, pero de forma inesperada, este apartó su atención del piano y miró a la hija de don Alonso Molero. Y ella supo entonces que a pesar de su nefasta actuación vocal, había sido la elegida. Sabía que ese hombre estaba casado en segundas nupcias y que tenía dos hijos, uno de cada matrimonio, pero la competencia con Catalina la cegaba, y no cuesta entender que los celos la cegasen cuando tuvo que abandonar El Sotillo para volver a casa con su padre. Su amiga se quedaba y ella tenía que marcharse.

Durante todo el camino de vuelta en la carroza, Águeda no paró de pensar y pese a aquel instante de éxito callado, se sentía vencida; solo el recuerdo de la mirada de Salvador le decía que las espadas estaban en alto y que la aparente victoria de Catalina era momentánea. Don Alonso se dio cuenta de que ambas muchachas se habían sentido fascinadas por él cuando Águeda le pidió que invitaran a Salvador a casa. En cierto modo, lo entendía: era el primer héroe de guerra que conocían y eso, sin duda, resultaba fascinante a las mujeres. Sobre todo tan jóvenes como aquellas dos adolescentes.

—Esa guerra, Águeda, no es legítima —le explicó don Alonso—. Uno de los motivos principales para hacerlo ha sido la abolición de la esclavitud. Todos los países la han abolido. Solo España y Brasil mantienen esa dependencia atroz. Y mucho me temo que el nuestro se convierta en el último país en abolirla.

Águeda se dio cuenta de que Salvador representaba todo aquello a lo que su padre se oponía.

—¿Y los héroes de los que tú me has hablado, papá? —intentaba encontrar argumentos para justificar a Salvador—: El Empecinado, Francisco Abad *el Chaleco*, el cura de Riogordo o el alcalde de Otívar.

—Esa guerra fue para liberar a España de los franceses. Claro, que hoy me pregunto si no hubiera sido mejor no liberarla —bromeó don Alonso—. Puede que nos hubiera ido mejor con ellos, la verdad. Pero si quieres saber más cosas sobre la guerra en Cuba, pregúntale a don Andrés. Tu maestro también luchó allí. Quizá él te dé una versión diferente, y siempre es bueno tener varias para juzgar los hechos.

A la mañana siguiente, muy temprano, Águeda fue a ver al profesor. Lo encontró en la biblioteca, mirando un grabado de un cuadro de Correggio publicado en *La Ilustración Española*. Al pie del grabado, una leyenda: «Noli me tangere».

—¿Qué significa? —preguntó don Andrés. Al ver que Águeda movía negativamente la cabeza, explicó—: *Noli*: segunda forma del singular del imperativo de *nolo*. Que significa… —Nueva negación de Águeda—. Viene de *volo*, «querer», y es su forma negativa. «No quieras.» *Tangere*: infinitivo.

—Eso sí lo sé —dijo Águeda, contenta—. «Tocar.» «No quieras tocarme.»

—O «No me toques» —apostilló don Andrés.

Se trataba de un Cristo que parecía un apóstol Santiago, con una pala en la mano, junto a una Magdalena arrodillada. Ese era el motivo del cuadro, y don Andrés aclaró que era recurrente en la pintura: Cristo diciéndole a Magdalena que no le toque. La joven asentía, impaciente: tenía un objetivo distinto al de su maestro aquella mañana.

—Don Andrés, ¿es cierto que usted luchó en Cuba?

—No siempre fui profesor —contestó, sin poder disimular cierta crispación.

—¿Y por qué nunca habla de ello?

—No estoy precisamente orgulloso de esa época. Yo era un muchacho… La guerra de Cuba acababa de comenzar… Creí que sería una oportunidad, pero cuando llegué allí me di cuenta de que no era así.

Lo que don Andrés quería ocultar era que había desertado, de lo cual no se sentía orgulloso. Por eso temblaba al recordar aquellos hechos.

—Salvador Castro dijo que la mayoría de los españoles morían de fiebre, ¿es cierto? —preguntó Águeda, ajena al drama que ocultaba su maestro.

—¿Quién es Salvador Castro?

—El invitado de los Hernández de Valderrama. Es teniente. Quizá lo conozca.

—Lo dudo. No sabía que don Rafael tuviera un invitado en su casa. ¿A qué se dedica?

—Viene a hacer negocios. Es un héroe de la guerra de Cuba, por lo que ha contado. Igual ustedes dos coincidieron.

—Hubo muchos soldados. Es poco probable. —Don Andrés deseaba que aquella conversación acabara pronto.

—Quizá pueda conocerle en una merienda campestre que van a hacer. Así podrán hablar de la guerra.

—Tengo muchas cosas que hacer y muchas lecciones que preparar y usted, señorita, debería hacer lo mismo —zanjó el maestro la conversación—. Tenemos mucha tarea pendiente. Visto que no ha sido capaz de traducir del latín una frase tan simple, esta mañana repasará los verbos irregulares de la tercera conjugación *volo*, *nolo* y *malo*, que significan…

Y así esa mañana derivó por derroteros bien distintos a los que Águeda tenía en mente.

14

El día de la merienda campestre amaneció con una ligera brisa que apaciguaba el calor del verano, así que Salvador llevó consigo una cometa y las chicas jugaron con él a volarla. A volarla y a competir entre ellas por la atención del militar. Del juego se pasó a la pugna de las dos muchachas por ver quién sujetaba la cometa con él y Salvador acabó por ir a sentarse con los hombres.

Con Kumoo siempre cerca, como un guardián de piedra, Salvador comenzó a explicar sus proyectos:

—He tenido la inmensa suerte de hacerme con un ingenio confiscado a rebeldes —dijo sentándose a la mesa e interrumpiendo la conversación—. Es bastante moderno y emplea una maquinaria de vapor que lo hace capaz de producir siete toneladas de azúcar al año.

Aquella información captó inmediatamente la atención de don Rafael.

—La mayor parte del azúcar de Cuba va para los Estados Unidos de América. Es un buen mercado y está cerca, pero paga aranceles muy altos. —Salvador sonreía: comenzaba su melodía encantadora de serpiente—. Las arcas del Estado se llenan de ahí. No han querido bajarlos para enriquecerse.

—Es una buena política del ministro Orovio Echagüe —defendió don Alonso—. Esos aranceles contribuyen a pagar todo el dinero que se debe a viudas y huérfanos y a crear un sistema de Tesoro moderno, a imitación del anglosajón.

—El caso —prosiguió Salvador, sin permitir que digresiones político-filosóficas lo desviaran de su objetivo— es que pretendo traer azúcar a España. Su azúcar de caña es más selecto que el de remolacha. Es un negocio asegurado. Y al ser comercio nacional, los impuestos son menores.

—Pero el coste es mayor por el transporte.

—No, si el barco de vuelta va cargado con material —apuntó don Rafael, que ya iba viendo el negocio.

—Está todo previsto —tranquilizó Salvador—. Mi idea es hacerme con un navío comercial. He contactado con un armador y pretendo hacerle partícipe.

—¿Y qué espera llevar a Cuba? —quiso saber don Alonso.

—De camino aquí he visto multitud de olivos jóvenes.

—Es la corriente —explicó don Rafael—. Quitar remolacha y grano y plantar más olivos. Pero la inversión es grande.

—Aceite de oliva. Quiero llevar aceite de oliva a América. Allí no hay y estoy seguro de que se venderá. Los italianos han empezado a importarlo y se están enriqueciendo. Y yo quiero un trozo de ese pastel.

—Para que el viaje sea rentable, necesitará mucho aceite.

—Precisamente por eso quiero contar con usted, don Rafael.

—Yo apenas tengo diez fanegas de terreno y en ellas hay pocos olivos.

—Pensaba que media comarca era suya. ¿He calculado mal?

—No solo mía. —Al hijo del de los cortijos no le gustaba que se le escapara un negocio—. Tendría que reunir a todos mis hijos y hablarles de esto. Pero aun así no creo que tuviera olivares suficientes para proporcionarle lo que usted necesita.

—Es una lástima. Esto trastoca mis planes. —Salvador parecía disgustado por esta contrariedad—. En ese caso tendré que hablar con otros productores.

—¿Y don Alonso? —sugirió rápido don Rafael. Este se había mantenido en silencio, atendiendo apenas a la conversación—. Es cierto que sus propiedades no superan las veinte fanegas, pero eso sí, gran parte de ellas son olivares. Probablemente los haya visto en el camino hacia aquí.

—Me temo que no es posible. —El padre de Águeda negaba con la cabeza—. Muchos de esos olivares son jóvenes. Yo también creo que el olivar es el futuro de esta zona, pero aún quedan años para hacerla rentable.

—Soy consciente de que se trata de un negocio a largo plazo —intentó tranquilizar Salvador.

—No es posible, repito. Esos terrenos y su renta tienen otros fines. Siento no poder ayudarle. Además, ni siquiera cuento con almazara propia.

—Ese no sería un problema, yo me ocuparía de encontrar una. Y de la mano de obra. Al fin y al cabo, los esclavos rinden más que los jornaleros.

Águeda, que volaba la cometa junto a Catalina lo bastante cerca como para no perder palabra, reaccionó ante aquel planteamiento al ver que su padre no lo hacía.

—¿Esclavos? ¡Nunca! ¿Verdad, padre? —Luego, girándose hacia Salvador, concluyó—: La esclavitud es inhumana. Los hombres nacen libres e iguales en dignidad y nadie tiene derecho a convertirlos en esclavos.

Se había acercado a ellos y permanecía en pie ante Salvador, que se rio tanto de sus argumentos como de la vehemencia con la que los exponía.

—Quien haya escrito eso, Águeda, no conoce a los esclavos. Kumoo no es un hombre. Y cuando sepas su historia, lo entenderás. Ese hombre nació en Santa Elena en Tuinucú. Nació en una plantación bastante dura. Santa Elena era tradicionalmente cruel. El actual mayoral no era una excepción y tenía orden de abusar del látigo.

Salvador podía defender el castigo físico, pero reconocía que aquel hombre era un auténtico sádico, y no dudaba en mutilar, lo que convertía el material en invendible. Mientras Salvador hablaba, Águeda no perdía de vista a Kumoo, que no parecía reaccionar.

—La aspiración de todos los esclavos de Santa Elena era escaparse y vivir como cimarrones en los palenques que había en las montañas. Allí, se imaginaban, vivirían en paz, en sus propios campamentos, un paraíso terrenal. Era la leyenda que los empujaba a escapar y en el caso de aquellas propiedades, era el modo de escaparse del látigo desgarrador.

Contó el militar que cuando un esclavo huía, el dueño podía reclamarlo vivo o muerto, pero el de Santa Elena siempre lo reclamaba muerto. Y ofrecía una buena recompensa. Todo para evitar que cundiera el mal ejemplo.

La prueba de que el esclavo había sido encontrado era su propio cadáver, pero Santa Elena se encontraba en una zona tan escarpada que traer el cuerpo del esclavo muerto resultaba complicado. Se comenzó, pues, a pedir la cabeza, aunque al final se estimó que las orejas eran prueba suficiente para cobrar la recompensa.

—Kumoo escapó del horror de Santa Elena una noche de tormenta. Estuvo vagando por la selva en busca de su palenque idílico hasta que se dio cuenta de que ese lugar no existía salvo en las leyendas y en los cánticos que entonaban mientras cortaban la caña. —El esclavo seguía impasible mientras Salvador contaba su historia—. Un cazador de cimarrones le hostigaba por la selva y seguía su rastro. Kumoo se veía muerto. Esperaba el momento en el que los perros le dieran caza o fuera abatido, sabía que entonces le cortarían las orejas y dejarían su cuerpo a merced de las alimañas. ¿Sabéis lo que hizo entonces?

Se giró hacia el negro y ordenó, con un gesto de las manos:

—Kumoo, quítate el turbante.

Este obedeció para mostrar al resto una cabeza sin orejas.

—Se las cortó él mismo y se las lanzó al cazador que le perseguía. Así el cazador recibiría su recompensa y él seguiría vivo y libre —explicó.

—¿Y qué pasó? —Águeda estaba aterrada con la historia.

—¿Qué iba a pasar? Que se hizo una escabechina. El cazador guardó las orejas a buen recaudo y siguió el rastro de sangre. Le dio caza un par de horas después, debilitado por la pérdida de sangre y por la infección. Contuvo los perros para que no lo devoraran y lo maniató para devolverlo a Santa Elena.

Águeda miró las orejas del esclavo. Más que amputadas, estaban cercenadas. La cicatriz parecía haber sufrido una infección extrema. Probablemente no escuchaba, por eso Salvador se comunicaba con él por signos y por eso no debía de oír demasiado bien lo que decían de él.

—Durante todo el camino de vuelta, Kumoo lloró y gimoteó para que su captor le dejara libre.

—¿Cómo sabe usted eso? —quiso saber Águeda.

Los mayores sonrieron. Todos salvo don Alonso. Solo entonces la joven fue consciente de que se le había escapado una parte de la historia.

—Los soldados buscábamos actividades para sacarnos unos cuartos en nuestros días de permiso. En mi caso, me aprovechaba de mi buen ojo como oteador para cazar esclavos.

—¿Mataba esclavos y les cortaba las orejas para cobrar una recompensa? ¿Cómo podía hacer algo así? —Águeda estaba asqueada con aquel relato.

—Hay que tener mil ojos, servirse de unos perros fuertes y con poco pelo, porque los de agua se enredan en la vegetación y enferman con facilidad. Y sobre todo hay que afinar la vista. El cimarrón es torpe, se deja llevar por su miedo y sale a la luz al escuchar los ladridos. Su ancestro africano debe desenvolverse por la selva con soltura, pero los años de esclavitud han hecho del esclavo negro un ser torpe.

—Pero es evidente que usted se apiadó de él. No lo devolvió a su dueño o no estaría aquí —incluso Catalina, que también había olvidado ya la cometa, quería encontrar un rastro de bondad en Salvador tras aquel relato.

—Me hizo gracia la resolución de Kumoo al cortarse las orejas. De algún modo, al hacerlo me facilitaba la manera de cobrar la recompensa sin tener que matarlo ni devolverlo. Y eso hice: sería mi esclavo. Lo até a un árbol, cerca de Santa Elena, y pasé a cobrar la recompensa como si le hubiera dado muerte. Aún recuerdo la cara del capataz al ver las orejas. «¿Las has arrancado a mordiscos?», me dijo riendo. Nadie sospechó. Yo me llevé los cuartos y me quedé con el esclavo.

—¡Qué listo! —exclamó Catalina, ya totalmente entregada a la causa.

—¡Qué cruel! —dijo en cambio Águeda.

—¿Nunca ha tratado de escaparse? —inquirió don Alonso.

—Kumoo sabe que no hay palenque donde pueda huir. Sabe que no puede valerse solo. Que lo tenga a mi servicio es casi una cuestión de caridad. —Se dirigió a Kumoo—: ¿Amo bueno contigo, Kumoo?

—Sí, *batufaa Salvador kaati*. Amo Salvador bueno.

—Así funcionan los esclavos. Son medio hombres —concluyó—. Pero es la solución más rentable para sacar adelante una hacienda. Y ahora sí: planteo seriamente la posibilidad de importar varios de esos esclavos. —Y no contento con esa aberración, completó—: Además, el ejemplo que darían serviría para que los jornaleros libres se aplicaran más.

Águeda y su padre se miraban en silencio, como preguntándose si toda aquella crueldad podía concentrarse en una sola persona.

—¿Y también cortaría las orejas de los que se escapan? —La intervención de Catalina rompió la seriedad del momento. El militar y don Rafael rieron, pero cuando Águeda la miró, se dio cuenta de que lo estaba diciendo en serio.

—Creo, Salvador, que no es una buena idea que nos asociemos. Seguiré produciendo mis pequeñas cantidades de aceite y...

—¿Y qué hará con él? ¿Malvenderlo para freír pescado? Yo planteo un negocio más grande.

—Hable con los hijos de don Rafael o busque otros productores —acabó don Alonso.

—Como quiera. Cuando me haya enriquecido, lamentaré que ustedes no hayan querido colaborar y enriquecerse conmigo. —Salvador se dio por vencido—. Si me disculpan, iré a cazar un rato. Kumoo, conmigo.

Águeda vio como el esclavo tomaba las armas y seguía a su amo.

—Realmente se me escapa por qué un hombre no se venga de quien le somete y le humilla —le dijo a Salvador antes de que el militar se marchara—. Me sorprende la tranquilidad con la que usted se expone.

—Si tú fueras Kumoo, me matarías. ¿Es así?

Águeda sintió en aquel momento el magnetismo de Salvador, como un relámpago recorriendo sus venas. Su seguridad le hacía fuerte. Parecía invencible. Quizá Kumoo no le atacara porque tenía miedo, porque se sentía inferior a él, incluso cuando llevaba un arma.

Una vez hubieron desaparecido, don Alonso y don Rafael analizaron la propuesta de Salvador.

—Creo que podría estar dejando escapar un negocio redondo para usted. Yo mismo me arrepiento de haber dado mis tierras a mis hijos, aunque a ese respecto ya no puedo hacer nada —dijo don Rafael—. ¿Por qué no lo hace usted?

—No me parece trigo limpio el tal Salvador. Con todos mis respetos.

—Comprendo sus dudas, amigo. Es un personaje extraño. Desde luego, es un engreído. Probablemente sea un embaucador. Y con casi total certeza, un mentiroso. Se rumorea, de hecho, que sus dos matrimonios están motivados por intereses económicos.

Don Alonso no quería que las niñas escucharan el resto de aquella conversación, por lo que las mandó lejos, pero ellas volaban la cometa a una distancia que les permitía escuchar aunque solo fueran retazos.

La palabra *buscavidas* definiría correctamente a Salvador. *Cazafortunas* tampoco le encajaría mal. Apareció de la nada con una mano delante y otra detrás y se convirtió en dueño de gran parte de los terrenos de la familia Suárez en Asturias, aparte de lo que hubiera obtenido con su nuevo matrimonio con la heredera de los Montenegro. Por no hablar de ese ingenio que decía haber obtenido en Cuba.

Teniente retirado con honor, su participación en la batalla de Somorrostro no estaba del todo clara. Se rumoreaba que pudo ser un carlista que desertó de las tropas con información importante sobre posiciones de artillería, lo que sin duda provocó su rápido ascenso. También se rumoreaba que era masón. Pero lo que sí le definía, y mucho, era el lema que había mandado labrar en la puerta de su casa: «El que toma no ruega».

—No es de fiar, pero he bregado con hombres peores —afirmó don Rafael—. Si las cosas se atan bien en los papeles, no hay nada que temer.

—No me preocupa lo que oculta Salvador. Me preocupa lo que no oculta. ¿Traer esclavos de Cuba? Por Dios… —Don Alonso era claro al respecto—. El mundo se mueve en el sentido opuesto. Solo trata de arañar las últimas pepitas de oro de una mina que ya está extinta.

—Para usted es una oportunidad de dejarle una buena dote a Águeda. —Don Rafael se acercó a don Alonso—. Yo podría cubrir los gastos de la plantación de los restantes olivos necesarios para afrontar esa empresa y usted tendría el campo de olivos más grande que se haya visto en esa zona.

—Rafael, ese hombre es un fraude.

—Hagamos algo al margen de Salvador. Él solo nos ha dado una buena idea. Quizá el aceite de oliva sea un negocio pujante y quizá se pueda exportar a América. Como consecuencia, usted habrá convertido sus campos de cereal en olivos y tendrán más valor. Este campo de grano en unos años pasará a ser el olivar de Aguamansas.

Don Alonso miró a su alrededor y soñó. Soñó ver aquella tierra como un vergel y se vio con una fortuna capaz de pagar el litigio por el título de su hija.

—Puede que los tiempos cambien, Rafael. En breve habrá elecciones.

—Sí —rio este—. El ministerio termina en estos momentos el encasillado.

El encasillado era un sistema por el que, una vez decidido el reparto de escaños, los funcionarios hacían sus cálculos y cábalas y decidían de antemano quiénes ocuparían dichos escaños. Era una labor de encaje de bolillos. La corrupción funcionaba en ambas direcciones. Por un lado, el gobierno quería que el reparto de escaños fuera lo más afín; por otro, los caciques intentaban colocar a aquellos diputados que mejor defendieran sus intereses particulares en las Cortes.

Don Alonso nunca acudió a ninguna, pero alguna vez oyó comentar como don Rafael acudía a reuniones de alto nivel entre diferentes caciques de la comarca, que decidían cuál de ellos podría ser el candidato más adecuado para ser elegido. A don Alonso le repugnaba ese sistema. Él soñaba con cambios, pero veinte años después, esos cambios no habían llegado.

Don Rafael se sentía tranquilo con las elecciones porque sabía que una vez concluyera el encasillado, las autoridades locales recibirían el nombre de la persona que debería conseguir un escaño. Ahora correspondía a los terrateniente de la zona el hacer que ese candidato fuera escogido.

El padre de Catalina tardó unos días más en atrapar en su red a don Alonso. Consiguió convencerle de que ellos dos —don Alonso como propietario de los terrenos y él mismo, con su aporte monetario— serían socios de ese gran nuevo olivar, el olivar de Aguamansas. Salvador, en el mejor de los casos, sería solo un colaborador necesario. Un exportador al que le venderían su mercancía. El plan incluía la construcción de una almazara propia que también se elevaría con capital de don Rafael. Sin esclavos, por supuesto. A Salvador le darían todo el aceite que esos americanos necesitaran.

Por desgracia, las cosas no salieron tan bien como se planearon.

15

—Don Rafael empleó toda la persuasión de la que fue capaz para convencer a mi padre —le dijo doña Águeda a Pepa—. No dudó en pedirle a Catalina que me hablara de las bondades de su plan, así que finalmente incluso yo terminé presionándole para que aceptara.

—Con el argumento del título, ¿verdad? —aseveró la joven.

—Evidentemente. Ese olivar le permitiría obtener un poder suficiente para enfrentarse a mis primos y recuperar para mí el título de marquesa de Aguamansas de mi madre, como siempre quiso. Sin embargo, después de todo, Salvador se las apañó para hundir a mi padre, y perdimos casi todas las tierras.

—Imagino. Los Castro no cumplen su palabra y terminan perjudicando a todos cuantos los rodean.

—Mi padre terminó medio loco. Tanto él como don Rafael deberían haber sido mucho más precavidos. Sobre todo, dada la gran cantidad de indicios en su contra. Alguno de ellos definitivo.

—¿Aún hay más? —preguntó Pepa.

—Una tarde, al llegar a casa después de una de nuestras meriendas campestres, que ya se habían convertido en una costumbre, encontramos en la puerta del cortijo una carroza en cuyo interior iban un señor mayor y un niño de catorce años. Y aquella visita introdujo ciertos cambios en nuestra rutina…

Aquel desconocido se presentó como don Silverio López de Montcada, marqués de Albí, e indagó sobre la presencia en el cortijo de un tal Salvador Castro. Sin embargo, no pudieron satisfacerle: en aquel momento, el militar se encontraba cazando, como todas las tardes.

—Con su endiablado esclavo negro, imagino —dijo el marqués—. Ese íncubo no cambia de costumbres. —Se dirigió al dueño de la finca—: No he venido aquí a advertirle de que Salvador es un ser ignominioso.

—Hace bien, porque es mi invitado —le cortó don Rafael.

—He venido a retar a ese hombre a un duelo a muerte por la afrenta cometida contra mi familia. Espero que Dios me dé fuerzas para enviarlo al infierno y que mi hijo aprenda una lección importante sobre cómo debe defender su honor un Albí.

—Discúlpeme, señor marqués —intentó templar don Rafael—. Entenderá que no pueda permitir un duelo en mi propiedad. ¿Me permite sugerirle que pasemos y solucionemos el tema de forma civilizada?

—Bajo ningún concepto me alojaré bajo el mismo techo que ese ser abyecto, señor mío.

—Permítame ante todo que me presente, don Silverio —interrumpió el padre de Águeda—: Mi nombre es Alonso Molero, marqués viudo de Aguamansas.

El marqués de Albí quedó sorprendido con el título de su interlocutor y relajó su actitud. Don Alonso siguió hablando y al final logró convencer al recién llegado de que no empeñaba su honor aceptar la invitación de don Rafael Hernández de Valderrama, pues El Sotillo debía ser considerado terreno neutral, pero que si lo prefería podía alojarse en su propia finca porque, además, sin duda descansar le haría estar en mejores condiciones para un hipotético duelo.

Antes de que él y su hijo entraran en la casa, Catalina llamó la atención de Águeda sobre el niño.

—¿Será el heredero del marquesado? —cuchicheó—. Si tuviera unos años más, sería un buen partido.

En la biblioteca, frente a dos copas de mistela, don Alonso intentó que el marqués les relatase el origen de aquella afrenta, pues la idea era que aquel hombre entrase en razón y apartase de su cabeza el riesgo de un duelo. Mientras, Águeda quedó al cargo de cuidar del pequeño Ignasi.

Lo llevó ante el piano.

—¿Sabes tocar? —preguntó la joven.

—Yo no toco zarzueluchas —contestó.

Aquel niño era altivo y a Águeda su presencia le resultó incómoda. Se preguntó si ese sería el tipo de personas con las que se codearía una vez recuperado el título. A su lado, mientras decidió cambiar de registro y practicar con su invitado una reducción para piano de la obertura de *Ildegonda*, de Arrieta, el marqués de Albí iniciaba su exposición.

Salvador Castro se presentó en mi casa hace seis años. Él acababa de enviudar de su esposa Asunción Suárez. Gozaba de una buena posición económica, pero aseguraba sentirse desbordado con la crianza de su hijo Carlos. Se presentó con intenciones honestas. Mi hija Eugenia era una jovencita virtuosa que se apiadó de él al oírle hablar como un cristiano desbordado por su viudedad: se quedó prendada de él y se entregó. Salvador la sedujo y le prometió casarse con ella.

Mientras contaba esto, Silverio López de Montcada parecía mucho más anciano de lo que era en realidad. Las lágrimas ya desenfocaban su mirada y el marqués no tardó en revelar el porqué.

—Mientras se amancebaba con mi hija, tenía pactos con otra mujer, la heredera de la fortuna de los Montenegro. Sin duda, el dinero que ese matrimonio podía proporcionarle le atraía más que el título de Albí y, sobre todo, que la bondad de mi hija. Salvador había visitado a esa mujer, Francisca, tiempo atrás, y la había cortejado sin comunicárnoslo. Estábamos preparando ya la boda entre Eugenia y ese demonio cuando se supo la noticia. Salvador había desaparecido.

El marqués dio un trago a su copita de mistela para recuperar el resuello y proseguir con una historia que le alteraba.

—Lo mandamos buscar por todos lados, temiendo que su desaparición tuviera que ver con algún tipo de venganza en relación con su comportamiento en la batalla de Somorrostro. Cuál no fue nuestra sorpresa cuando descubrimos que se había casado con doña Francisca Montenegro.

Ante aquella revelación, Águeda dejó de tocar el piano y se desentendió de Ignasi. Sus oídos solo podían estar atentos al relato del marqués de Albí.

—Yo intenté que mi hija olvidara a ese hombre —prosiguió este con la voz casi quebrada—, pero la falta de alguna explicación por su parte la consumía por dentro. Desoyendo mis consejos, acudió a Puente Viejo a pedirle explicaciones. Solo quería saber si alguna vez había sentido algo por ella. Fue humillada y expulsada de allí como un perro. Y doña Francisca no fue ajena a aquello. Intentamos que se repusiera, pero la humillación sufrida la reconcomía. Se sentía mancillada por ese hombre, y para colmo, el rumor de su relación se había extendido por la corte.

El marqués estalló en llanto.

—Se ahorcó hace dos años. Se colgó del mismo árbol donde tiempo atrás se había columpiado empujada por ese canalla.

—Terrible historia, sin duda —musitó don Alonso tras unos segundos de respetuoso silencio—. Pero... usted debe reponerse y olvidar a Salvador. —Sabía que sus palabras eran duras, podía imaginar el dolor de ese padre, y aun así no calló lo que pensaba mejor para todos—: No puede achacarle la muerte de su hija, dado que fue ella la que optó por quitarse la vida.

No convencería al marqués solo con aquello.

—Ustedes no conocen a Salvador como yo. Le envenenó la mente con una pócima que nunca perdió su poder. Tras enterrar a mi pequeña Eugenia, mandé ensillar su caballo y atravesé España para batirme con él. Al llegar a Puente Viejo me enteré de que el destino se burlaba de mí una vez más. Se acababa de marchar para volver a la guerra de Cuba, donde sabíamos que ya había participado. Pensé en seguirle hasta allí y llegué a rezar para que no le atravesara una bala perdida porque quería ser yo quien acabara con su vida.

—Y ahora, tras todas estas cuitas, usted sabe que está aquí y planea matarlo… —concluyó don Alonso lo que todos sabían.

—En efecto. Quiero acabar con ese monstruo de una vez por todas.

—Don Silverio, aun entendiendo su caso, no sé si es una buena idea enfrentarse a él. Salvador parece un tirador experto.

—¡No me importa! ¡Quiero un duelo a muerte!

—Le pido al menos que sea a pistola —rogó don Alonso. De ese modo, una vez disparada una bala cada duelista, el conflicto quedaba resuelto. Asintió el marqués y el padre de Águeda siguió hablando—: ¿Me da permiso para transmitirle personalmente su reto a Salvador Castro y las condiciones del duelo? Y para ser su padrino, si eso no le supone a usted problema.

—Por supuesto, don Alonso. Vaya, vaya. Mientras, si me lo permite, me gustaría que me mostraran los aposentos en los que voy a descansar.

Desde el piano, Águeda contempló como aquel ser delgado y débil caminaba tembloroso hacia las habitaciones. Desde luego, no tenía ninguna posibilidad frente a Salvador.

16

Al día siguiente, don Alonso fue a primera hora a hablar con don Rafael para convencerle de que le ayudase a evitar esa locura.

—No hay nada que hacer —afirmó el dueño de El Sotillo—. Salvador está al tanto de la llegada de don Silverio. Considera su presencia aquí como una afrenta personal, ya que, asegura, afecta negativamente a sus planes de negocio en la zona. También él cree que un duelo a muerte será la única manera de satisfacer esta afrenta.

—¡Rafael! ¡Por Dios! ¡Es un anciano! Probablemente esté enfermo. —Pero el otro negaba con la cabeza—. Intente que el duelo sea a pistola, al menos.

—Hablaré con él, aunque ya le vamos conociendo. No se anda con ese tipo de delicadezas.

Don Alonso sabía que don Rafael no haría nada. En realidad, los Hernández de Valderrama estaban disfrutando con esa situación. ¿Cuántas veces se es testigo de un duelo a muerte con un marqués implicado?

No hubo merienda esa tarde. No hubiera sido adecuado.

El de Albí se pasó la tarde rezando y poniendo en paz su alma con Dios. No parecía en condiciones de acudir a la iglesia de los Remedios, que estaba en el pueblo, a cuatro leguas de camino, así que don Alonso se las apañó para que el padre Julio fuera a verle a su capilla.

—Cuando vi al sacerdote dándole la eucaristía, no pude evitar pensar que le estaba dando la extremaunción —contaba doña Águeda—. Su hijo, Ignasi, no se separaba de él, pero no parecía participar de toda esa ceremonia. Se le veía acostumbrado a ese tipo de arrebatos religiosos y lo veía como algo normal.

—¿Qué hacía Salvador mientras tanto? —quiso saber Pepa.

—Se dedicaba a desfogar a su caballo. Había prescindido de la caza esa tarde y se limitaba a ir al galope —respondió doña Águeda—. La comarca no era tan grande y Salvador lo sabía. No tardó en pasar frente a nuestro cortijo.

Carmelo, el marido de Sara, llamó la atención sobre su presencia. Sin duda quería que el resto de los chiquillos vieran a Salvador en acción. Su nombre ya empezaba a representar algo y sus paseos junto con un esclavo negro habían dado mucho de que hablar.

—Yo me uní al resto de los niños que se subieron al palomar para verlo; nadie quería acercarse a ese hombre que, en la imaginación de los más pequeños, era poco más o menos que el hombre del saco —dijo doña Águeda a Pepa—. «¿Dónde está su esclavo?», preguntaban los niños. «No siempre le acompaña», dije yo, a sabiendas de que no era cierto, mientras me preguntaba efectivamente dónde estaría Kumoo. Don Andrés volvía de una de sus prospecciones y coincidió con él y ambos tuvieron un enfrentamiento.

—Desde allí usted no podía escuchar lo que decían.

—Es cierto, pero la tensión resultaba obvia: Salvador llegó a levantar los cuartos delanteros del animal delante de don Andrés, que se cayó hacia atrás desperdigando en su caída los papeles que siempre llevaba. «¡Ha atacado al maestro!», gritaban los niños. Yo salí como una exhalación para ver qué estaba sucediendo. Llegué jadeando y ayudé a don Andrés a recoger sus papeles.

Doña Águeda se levantó y acercó las manos al calor de las brasas.

—Me agaché a su lado y le pregunté qué había pasado. «Algunas personas son demasiado soberbias —me dijo—, eso es todo.» Pero yo vi algo raro. Ni la reacción de Salvador ni la de don Andrés me resultaban normales. Me marché de allí convencida de que ambos se conocían de antes y todo apuntaba a que debió de ser en la guerra de Cuba. Aun así me guardé muy mucho de decirle algo.

La noche anterior al duelo, Águeda la pasó en blanco. Le horrorizaba tanto como le fascinaba lo que podía suceder al día siguiente. Las horas pasaban interminables escuchando los grillos, los cárabos. Recordaba que cuando era pequeña su padre le había dicho que esos cárabos dormían en la Alhambra y ella le creía, a pesar de la distancia que los separaba de Granada.

Estaba pensando que hacía mucho que no reparaba en su melodía —probablemente porque esa era la primera noche desde que dejó de ser niña en la que no lograba conciliar el sueño—, cuando de pronto el sonido de los cascos de un caballo tapó el canto de las aves. Se levantó y se asomó a la ventana. Allí estaba Salvador Castro. El sonido había irrumpido de la nada. Eso significaba que no había llegado allí trotando sin rumbo como durante la tarde, sino que había ido con el único interés de amedrentar a su adversario y de marcar su territorio, como el animal salvaje que esa noche parecía que era.

Daba vueltas al cortijo y cada vez que pasaba por la fachada, donde se encontraban las ventanas de los dormitorios, lanzaba un alarido que erizaba los cabellos.

Y entonces Águeda lo vio. Frente a la casa, oculto en la noche, se encontraba Kumoo, observando su ventana.

La joven se asustó y corrió las cortinas. Se sintió desnuda con su camisón blanco. La primera sensación fue de repugnancia por su descaro, pero no. No podía ser que la estuviera mirando desde esa distancia. No llegaría a ver nada. De no ser porque era un salvaje acostumbrado a otear a largas distancias. La joven volvió a asomarse con cuidado. Sintió de nuevo el miedo cuando le vio mirándola. No cabía duda. La miraba. ¿Por qué?

Con los ojos enrojecidos por la falta de sueño, Águeda se levantó temprano la mañana siguiente. Nerviosa, se vistió y bajó corriendo al salón. En cuanto su padre la vio llegar, supo qué era lo que la excitaba de aquella manera.

—Águeda, no asistirás al duelo —le dijo mientras se sentaba en la silla.

—¿Por qué no? —protestó.

—No es un espectáculo para nadie y menos para una niña.

—¡Una niña! Eso es lo que te gustaría que siguiera siendo, ¿no? —Se levantó de la mesa—. Pues ya no lo soy. ¡Entérate! —Y como una exhalación, sin desayunar, se encerró en su rincón de la biblioteca.

Don Alonso se dio cuenta de que, en efecto, Águeda estaba dejando de ser una niña y él ya no iba a poder controlarla. Pensó que su madre, de estar viva, sí habría podido. Las niñas podían ver a su padre como un héroe, pero las adolescentes necesitaban a su madre. Necesitaban a otra mujer como aquella en la que ellas mismas se estaban convirtiendo. Llevaba años convencido de que lo había hecho mal con ella. ¿Qué derecho tenía, pensaba, a prohibirle nada cuando él no podía darle lo que en justicia le pertenecía? No tenía recursos para recuperar su título y sufría por ello.

Don Andrés entró en la biblioteca entusiasmado. Traía en sus manos una reseña de un descubrimiento inaudito sucedido en unas cuevas cercanas a Santander, en Altamira. Un hombre y su hija habían descubierto lo que parecían pinturas de la Edad de Piedra.

—¡Qué absurdo! ¿Cómo van a ser auténticas? ¡El hombre de las cavernas pintando! —Águeda estaba convencida de que su padre le había mandado para entretenerla con cualquier excusa—. ¿A quién se le ha podido ocurrir una idea semejante?

—Mucha gente pensó lo mismo que yo sobre aquel descubrimiento —le dijo doña Águeda a Pepa—. Años más tarde seguirían hablando de él y burlándose del hombre que lo hizo, Marcelino Sanz de Sautuola, que moriría siendo acusado de haber pintado él mismo aquellos dibujos. Hace unos meses leí en un periódico que científicos franceses avalaban la autenticidad de las pinturas de Altamira.

—¿Qué tiene todo esto que ver con la historia de Salvador? —preguntó la joven, más impaciente.

—Solo el tiempo desvela la verdad. Debes tener paciencia si quieres conocerla… Aunque yo no la tuve para conocer el desarrollo de los acontecimientos durante el duelo de Salvador Castro y el marqués de Albí.

Águeda no supo nada hasta que Catalina volvió y le reveló que ella sí había sido testigo del duelo. Apareció radiante, con su melena suelta, sonriendo, con las mejillas sonrosadas. Una manzana enrojecida por los rayos del sol.

Y cuando la vio llegar, a Águeda la devoraron los celos. Atacó para herir a su amiga, con la precisión con la que solo pueden hacerlo las personas inteligentes. Sin embargo, la ira nubla la inteligencia y Águeda no calculó las consecuencias; subestimó la fuerza de Catalina.

—¡Qué tonta has sido al ir! Te podía haber dado uno de tus ataques. ¿No te das cuenta?

—¡Ni hables de eso! —dijo Catalina, enfadada—. Para empezar, solo me dan cuando leo.

—No sabes si te pueden dar en otras circunstancias. Nunca has sido testigo de un duelo. —Águeda había encontrado la veta por la que atacar a su amiga—. Es una situación excepcional. Podría haber sucedido.

—¡Te prohíbo que hables de ello! —Catalina arremetió contra ella—. Y sobre todo te prohíbo que lo menciones delante de Salvador.

—¿Me prohíbes? —la retó—. Tú no puedes prohibirme nada.

—Veremos… Ahora lo que sí puedo es no contarte nada de lo que ha pasado en ese duelo.

¿Qué les estaba pasando? Hasta que Salvador apareció en la comarca, aquellas dos niñas se habían llevado bien. Era cierto que Águeda había transigido muchas veces y que Catalina había sido la caprichosa a la que había que tener contenta. Pero nunca antes se habían enfrentado de esa manera.

Águeda no entendía por qué Salvador ejercía ese tipo de efecto en ellas. ¿Cómo podían estar celosas la una de la otra? Aquel era un hombre casado. Dos veces. Con dos hijos. ¿En qué estaban pensando? Unas semanas antes habían estado escribiendo un poema para Gonzalo Mesía. Catalina no lo había visto nunca y sin embargo estaba convencida de que iba a casarse con él. En cuanto a Águeda, había defendido con total ímpetu la posibilidad de una relación entre ella y Joaquín, el hijo de Sara y Carmelo, a pesar, eso sí, de que realmente no sentía nada.

Sin embargo, algo se había roto entre ellas de un modo definitivo.

Águeda se levantó, enfadada.

—¿Adónde vas? —preguntó Catalina.

—A ver a Joaquín —respondió seca.

Quería que Catalina se sintiera celosa. Pero si iba a hablar con Joaquín era para que le contara qué había sucedido en el duelo. Seguro que él también había sido testigo.

El joven se sintió desconcertado al verla entrar en la cocina, donde se hallaba descargando carbón. Hacía tiempo que Águeda no bajaba por allí. Antes se pasaba las tardes entre los fogones, viendo cómo Sara cocinaba y jugando con él, pero desde hacía ya algunos años, Catalina y don Andrés habían sustituido a Sara como compañía favorita.

Joaquín comenzó su narración haciendo una lista de los presentes.

—Don Alonso y don Rafael como padrinos de los duelistas. El marquesito y los testigos de don Silverio… Y Catalina —acabó.

Aquel nombre tensó a Águeda.

—¿Desde el principio? —inquirió.

—Sí, desde el principio. Y Castro se acercó a ella para pedirle una prenda. Le dijo que los duelos eran así y que le daría suerte en el combate.

—¿Y ella se la dio? —Águeda no sabía si quería escuchar la respuesta.

—Sí. Se la dio. Cogió el lazo azul con el que se recogía el pañuelo y se lo ató en el brazo.

—Como Ivanhoe —murmuró la chica.

—¿Como quién? —dijo Joaquín.

—Nada, nada. Sigue. —Águeda ataba cabos. Por eso el pelo suelto. Por eso la sonrisa radiante. Joaquín se encogió de hombros y prosiguió.

—A mí aquello me parecía un número de señoritos. Y ese lazo no le quedaba bien —opinó con pragmatismo—. El militar no tenía pinta de haber dormido mucho y olía a vino amargo, por eso pensé que el marqués le mataría.

Águeda no daba crédito. Se emborrachó antes de ir a batirse. ¿Nervios? ¿Exceso de seguridad?

—Los padrinos expusieron las normas: duelo a primera sangre.

Águeda escuchó aquello aliviada.

—Eso significa… —comenzó a explicar Joaquín.

—¡Sé lo que significa! —dijo ella, enfadada.

—Hablaron de los pasos y abrieron la caja con las pistolas. —Joaquín prefirió obviar el mal tono de Águeda—. Eran de don Rafael, que no necesitaba examinarlas. Luego las examinó tu padre.

—Mi padre no ha disparado en su vida.

—Se le notaba algo torpe, es cierto. Al fin dieron por comenzado el duelo. Castro parecía que iba riendo cuando hizo el paseíllo, mientras los padrinos contaban los pasos. Miró a su esclavo y se señaló algo que llevaba al cuello.

—¿Qué hacía Kumoo?

—¿Quién?

—El esclavo, ¿qué hacía?

—Parecía concentrado. Murmuraba algo.

—¿Y qué pasó? ¿El marqués hirió a Salvador?

—No. Cuando terminaron de contar se dieron la vuelta. Castro se quedó quieto, pero el marqués de Albí apuntó con mano temblorosa. Sudaba. Entornaba los ojos. No parecía ver correctamente adónde tenía que apuntar. Disparó sobre Castro, pero el disparo dio bastante lejos: levantó astillas en un árbol cercano.

Águeda respiró aliviada. Joaquín siguió su relato.

—Le tocó el turno a Castro. Extendió el brazo firme, cerró un ojo y le apuntó con destreza. Bueno, no podíamos saberlo, pero parecía que sí. Lo que sí es cierto es que no le temblaba el pulso. Parecía una estatua.

—Entonces…, ¿el marqués de Albí ha muerto?

—No, a pesar de que temblaba como una hoja. Castro disparó. El marqués se llevó la mano a la cara. Parecía que le había dado de lleno y que se desangraría allí mismo, pero no fue así. Solo le rozó la mejilla. Lo justo para provocar una pequeña herida que comenzó a sangrar.

—¿Y así acabó todo?

—Eso es lo que pasó. —Pero Joaquín siguió contando—. Luego Castro bajó el arma y volvió a sonreír. Estaba perfectamente sereno. El único rastro de la borrachera era que seguía oliendo a vino. Para todos fue evidente que podía haber matado a don Silverio sin ninguna dificultad.

—¿Pasó algo más, Joaquín?

—A pesar de todo lo que se rumorea por ahí, ese Castro parece un buen hombre. O por lo hemos uno que sabe comportarse cuando hace falta. Y no como el marqués. En cuanto vio que el duelo se había terminado y que había sido derrotado, se derrumbó y comenzó a gimotear. Su hijo pequeño corrió a consolarle. Lo abrazó allí mismo, a la vista de todos y comenzó a llorar con él. Es una familia muy extraña, de eso no cabe duda. Algunos se echaron a reír. Pero yo tampoco lo vi gracioso. Luego se presentó la misma carroza que había traído al marqués al cortijo y él y su hijo subieron en ella, ya repuestos.

Águeda pensó en cómo aquella humillación recibida había afectado al marqués de Albí, aunque también se daba cuenta de que su honor, en cierto modo, había quedado reparado. Cuando el marqués contaba su historia a don Alonso, daba la sensación de saber que no tenía ninguna posibilidad de vencer a Salvador. Pero un hombre que busca reparar un honor mancillado, y que está obsesionado por dar un buen ejemplo a su hijo para el futuro, no parece dar ninguna importancia al hecho de inmolarse.

En todo caso, al presentarse aparentemente borracho —o quién sabe si borracho de verdad—, Salvador no hizo sino alimentar las esperanzas de Silverio, cuando en realidad sabía lo que iba a hacer desde el principio. Había manejado la situación a su antojo, y probablemente el número de las confidencias con Kumoo formaba parte de su estrategia.

Lo único que parecía salirse un poco de todo esto era la prenda de Catalina. ¿Qué pretendía con eso?

—¿Salvador se marchó con el lazo en el brazo? —preguntó Águeda a Joaquín.

—Eso es. Su esclavo le trajo el caballo y una vez arriba hizo una nueva reverencia a Catalina. Ella estuvo a punto de desmayarse —se rio—. Por un momento pensé que le daría el baile de San Vito ese que dicen que tiene, y que yo nunca he visto. —Águeda calló ante la pequeña maldad de su amigo—. Seguramente no veremos a Castro en todo el día. Después de pasarse la noche cabalgando, necesitará un poco de reposo. ¿No lo oíste esta noche?

—No, me quedé dormida —mintió Águeda.

—¿Puedo pedirte algo? —dijo Joaquín, mirando al suelo, tímido—. Sé que es cosa de señoritos, pero ¿me darías tú una prenda tuya? No se lo diré a nadie, y podría usarla como amuleto. Parece que traen suerte. A Castro se la trajo.

Águeda estaba muy enfadada con todo el relato de Joaquín, sobre todo con la parte de la prenda, así que cuando él le pidió aquello, no pudo evitar ser cruel.

—¿Acaso te crees algo mío? —preguntó hiriente.

—Tampoco Catalina es nada de Salvador. Y él se ha quedado con su lazo.

—¿Quieres que se lo diga a mi padre? —Águeda amenazaba a Joaquín—. O mejor, se lo diré a tu madre. Le diré que su hijo se ha convertido en un descarado que no sabe cuál es su lugar en el mundo.

El chico se puso rojo como un tomate y se marchó pidiendo disculpas, pero muy herido. De nuevo la ira y los celos la habían transformado en una estúpida.

—A veces la familia Castro genera ese tipo de sentimientos. —Pepa no lo decía por Tristán, evidentemente. Estaba pensando en Carlos.

Cuando ella sirvió en la casa de Carlos en Asturias —en realidad, en la mansión de los Orellana, la familia de su esposa Elvira—, ella era una mocita sencilla. Recordaba que la relación con Carlos le hizo sentirse especial y trató mal a Teófila, que luego le salvó la vida. También trató con desdén al resto de sus compañeras de servicio, pero estas se lo cobraron con creces cuando casi la mataron de una paliza. También ella se volvió estúpida a causa de un Castro.

—Ya vale de malos recuerdos por hoy. ¿Sabes qué vamos a hacer? Nos iremos a dormir y mañana bajaremos al pueblo. —Doña Águeda intentaba transmitir su entusiasmo a Pepa—. Tengo varios vestidos que creo que podrían servirte. Hay uno granate que te sentará estupendamente.

—No se me ha perdido nada en el pueblo.

—Quiero conocer cosas de tu vida allí, Pepa. Sé que te alojabas en la pensión de los Ulloa, pero aún no he visto a esa gente más que de lejos. Me encantaría conocerlos. —Pepa calló y negó con la cabeza.

—No quiero volver a Puente Viejo —dijo Pepa, tajante.

—¿Por qué?

—No quiero hablar de ello.

Doña Águeda dio un paso al frente: tantearía a Pepa con la información que tenía desde el primer día.

—La muerte de una parturienta es algo que puede pasarle a una partera —dijo con voz suave, y notó que la joven se estremecía—. ¿Es la primera vez que te sucede?

—Prefiero no hablar de ello.

—Si es la primera, solo significa que eres una partera extraordinaria. Estoy segura de que la mayoría han sufrido ese tipo de percances con más frecuencia de la que imaginas.

—¡He dicho que prefiero no hablar de ello!

La mujer intentó consolar a Pepa, pero esta se zafó de su abrazo y se marchó, dejando a doña Águeda compungida.

TERCERA PARTE

17

Doña Águeda sabía que era mejor no acosar a un animal herido y Pepa en aquel momento lo era. No volvería a preguntarle por el parto, a pesar de que ella ya tenía las respuestas gracias a las investigaciones de Olmo y a los rumores que se escuchan en la plaza en un día de mercado. Por Olmo, por esos rumores y por su criada Inés, que como gaceta del pueblo no tenía precio.

Supo, por ejemplo, que la embarazada a la que Pepa asistió y cuya muerte no pudo evitar se llamaba Gloria. Supo también que del padre del recién nacido no había noticias: dejó a su otro hijo en casa de unos familiares unos días mientras arreglaba los papeles de la difunta en La Puebla, pero todavía no había vuelto. La responsabilidad de criar a un niño sin madre debió de asustarlo, sin duda. Los familiares pensaban que no volvería y estaban buscando la manera de desembarazarse del crío. Puente Viejo es un lugar de gente dura.

En los días que siguieron, doña Águeda optó por ser dulce con Pepa. Los animales heridos sí responden a la ternura. Aceptó que Pepa no quisiera aparecer por Puente Viejo. No sabía si era por miedo a lo que murmurarían sobre ella o por evitar un posible encuentro con Tristán, pero estaba dispuesta a concedérselo. Pensaba en su teoría sobre el destino y por qué este había decidido cruzar en el camino de Pepa a su hermanastro. Quizá solo quería que se conocieran. Y no esperaba que surgiera el amor.

En cualquier caso, prefirió no llevarla a ese extremo y juzgó más adecuado ponerle el camino fácil y dejarla decidir sobre su futuro.

—¿Te sentirías mejor si nos fuéramos de Puente Viejo, Pepa? —preguntó un día doña Águeda—. Frustra mis planes, porque acabo de adquirir esta casa. Pero puedo venderla o simplemente mantenerla por si cambias de idea.

Pero la joven no tenía ideas sobre su futuro. Ni siquiera podía pensar que fuera a haberlo para ella. A Águeda, en cambio, le gustaría construirle uno. Le enseñaría protocolo y etiqueta. Le diría cómo podía dejar esa manera tan poco garbosa de moverse y cómo comportarse en los salones. Soñaba con eso, pero sabía que cualquier cambio en su modo de vida provocaría una reacción de rebeldía en ella.

Así que aquella tarde, en lugar de seguir presionándola, doña Águeda se puso a bordar en un bastidor. Pepa salió del salón y recorrió las galerías y los jardines de El Jaral, examinando las plantas. Todas eran decorativas y quedó decepcionada al no encontrar ninguna hierba silvestre que recolectar para hacer sus curas.

Cuando regresó al interior de la finca, Pepa se acercó a la mujer.

—Nunca he bordado. Siempre me ha parecido una pérdida de tiempo. Nunca me he sentido con la suficiente paciencia. Por eso no sé hacerlo —dijo de repente.

—Pero al menos sabrás si te gusta el resultado o no. —Doña Águeda le habló con dulzura. Le mostró el bastidor con el bordado de punto de cruz que estaba tejiendo. Era el inicio de la letra «A» bellamente decorada.

—Los bordados me resultan atractivos, pero nunca he podido comprar ninguno. Son caros.

—Te enseñaré a hacerlo. ¿Quieres?

Como Pepa asintió, doña Águeda buscó en su costurero de mimbre. Del tercer cajón sacó una cuarta de tela de panamá y otro bastidor y tendió ambas cosas a Pepa. Seleccionó una madeja de hilo azul y con una paciencia infinita le enseñó a cruzar la trama para ir formando dibujos. Sencillos, al principio, y con un solo color de hilo. Las complicaciones vendrían más tarde, si Pepa le daba tiempo. Aquella era su primera lección como madre: para doña Águeda, podía parecer el principio de la felicidad.

—¿Y después? —preguntó Pepa cuando comenzó a ganar seguridad con su labor y no necesitaba toda su concentración para hacerla—. ¿Qué pasó después del duelo?

18

El honorable comportamiento de Salvador con el marqués de Albí le había granjeado la simpatía de don Alonso. Quizá porque se había dado cuenta de que a pesar de sus rarezas no era el ser despreciable que en un principio se había imaginado, o bien porque había comprendido que si no quería seguir viendo menguar sus propiedades, tenía que hacer algo.

Se resistía a aceptar el momento en que se asociaría con el militar, pero de algún modo, trataba de acercarse a él, o más bien de acercarlo a él, como intentando convencerse a sí mismo de que podía ser de fiar. Así que las reuniones pasaron a celebrarse en el cortijo de Aguamansas.

El piano de cola Erard sustituyó al de pared de Catalina, aunque era ella la que seguía tocándolo mejor. Entre las dos muchachas mantenían una competencia feroz. En aquellas veladas, entre copas de jerez, don Alonso se soltaba e iba satisfaciendo sus dudas sobre Salvador. A pesar de que a don Rafael a veces le podía parecer demasiado directo o indiscreto.

—¿Es cierto que ha formado usted parte del bando carlista? —le preguntó una tarde don Alonso.

—¿Carlista?, qué disparate. —Se podían decir muchas cosas de Salvador, pero había que alabar su sentido del cinismo—. Es cierto que durante la guerra conocí a algunos y me tentaron con unirme a ellos. Pero no me terminó de gustar lo que vi.

Los hombres rieron con ganas ante aquel remate de frase. Decididamente, manejaba con precisión los mitos que surgían en torno a él. Además de su colgante, que Águeda aún no había logrado ver, poseía un reloj con un broche con una escuadra y un compás. En la casa de los Hernández de Valderrama nunca lo mostró, pero tras visitar Aguamansas y echar un vistazo a la biblioteca, debió de darse cuenta de que don Alonso tenía cierto interés por la masonería.

En realidad, el padre de Águeda nunca había sido masón. Se interesaba por sus teorías desde un sentido práctico. Le fascinaba su aportación en los avances políticos, en la carta magna americana o en las sucesivas constituciones españolas. Pero siempre que había intentado acercarse a esa sociedad de un modo real, se había topado con el dilema de que las personas que podían introducirle en esa sociedad secreta no le resultaban interesantes en lo más mínimo. Le interesaba la masonería pero no los masones.

En todo caso, tras examinar los lomos de ciertos volúmenes sobre el material, en más de una ocasión Salvador mostró su reloj, dejando ver el broche masónico sin duda para llamar la atención de don Alonso.

A ojos de este, Salvador era el típico arribista que se aprovechaba de la masonería para medrar. Y del mismo modo que con la duda de los carlistas, decidió solventarlo directamente, a pesar del reparo de don Rafael.

—¿Es usted masón?

—¿Masón? No, por Dios. En realidad, estuve cerca de serlo…, pero no me terminó de gustar lo que vi.

Salvador parecía haber estado en todos los grupos que en algún momento pugnaron por conseguir el poder. A todos ellos se había acercado, o como contaba él, había sido tentado para unirse a ellos, pero una y otra vez contestaba lo mismo: «No me terminó de gustar lo que vi».

El interés por el marquesado de Aguamansas fue la llave final para ganarse la simpatía de don Alonso. Mantuvieron largas charlas sobre los hechos pasados de la familia de la difunta marquesa; sobre el origen del título, que se remontaba a los tiempos del rey Alfonso VI y que incluía una gloriosa intervención en la toma de Toledo de 1085.

Salvador se mostró especialmente sensible ante la disputa con los primos de la marquesa. Le parecía indignante la situación e incluso se ofreció a mediar.

—Por Dios, ¿qué pretende hacer usted? ¿Retarles a un duelo?

—Es una posibilidad —contestaba el militar con ironía.

Pero la única salida posible para él era la legal. Sabía que con dinero y paciencia recuperaría el título para su hija. Lo que Salvador le estaba ofreciendo era precisamente dinero a largo plazo.

No tardarían en concretarse los acuerdos.

Finalmente no crearían una sociedad, pero en la práctica sí lo sería. De este modo, don Alonso se quedaba más tranquilo al mantener su independencia y no vincularse de un modo definitivo a Salvador Castro. Sí se comprometía a venderle el aceite de sus olivos: lo haría con los que tenía ahora y con la almazara que planeaba edificar, la almazara de Aguamansas. Por su parte, Salvador se comprometía a darle el cincuenta por ciento de lo obtenido en las ventas de dicho aceite en América, corriendo por cuenta de él el transporte.

El padre de Águeda le dio muchas vueltas a esto con don Rafael. Lo cierto es que el beneficio era alto, pero también el riesgo. Salvador se llevaba el aceite sin poner dinero hasta que lo vendiera.

Por otro lado, don Alonso establecía un compromiso más que vinculante con don Rafael. Para abordar la plantación de los nuevos olivares, así como la construcción de la almazara, suscribía un nuevo préstamo con el hijo del de los cortijos, la deuda más alta que había tenido con él hasta ahora.

Don Rafael, el auténtico beneficiado de esta colaboración, tendría la deferencia de reclamar el dinero de forma progresiva, teniendo en cuenta que los ingresos de los primeros años serían muy reducidos. Reclamaría todo lo aportado, por supuesto con grandes intereses, pasados los años. De este modo, también él se convertía prácticamente en el tercer socio, como financiador de esta aventura transoceánica.

Don Alonso miraba todos estos cambios con cierta ilusión, pensando más que nada en el futuro de su hija, a la que veía con el título del marquesado de Aguamansas, en una finca cuajada de grandes olivos y con una almazara propia, que además serviría para elaborar el aceite de los olivares de alrededor.

Y por supuesto, estaba la parte emocional: veía inminente un viaje por América para conocer el destino de sus importaciones. Y quizá allí podría encontrar un marido rico y cosmopolita, alejado del atraso chabacano del país del que tanto se quejaba.

Águeda, por su parte, se ilusionó con ese viaje. Y ya sabía quién sería su cicerone ideal para hacerlo: Salvador Castro la llevaría por los bosques tropicales, a su lado olería la flor de la canela, vería los árboles del tamarindo, escucharía cantar al tucán y a otros pájaros exóticos. La llevaría a ver colibríes que se posarían en sus manos mientras libaban el aguamiel. Tan ligeros que casi ni los sentiría sobre la piel.

—Todos esos planes fueron una simple quimera. No hubo viaje a América, no hubo aromas ni aves exóticas. No hubo marido americano —suspiró doña Águeda mientras seguía con su bordado.

—¿Y alguna vez fue a América? —preguntó Pepa.

—Mi esposo me lo propuso muchas veces, pero siempre me negué. Hubiera sido como claudicar en la búsqueda de la hija que había perdido. En tu búsqueda. La verdad es que la mayoría de las ilusiones que me animaban cuando era una adolescente dejaron de tener importancia cuando te perdí.

19

Unos días después, doña Águeda decidió ir a la tasca de los Ulloa. Pidió a Olmo que la acompañara.

—De haber sabido que tendría que establecer contacto con los Ulloa, habría sido más amable con la posadera —dijo él mientras llegaban.

—Hay que ser amable siempre, Olmo —le reprochó doña Águeda.

—Eso supone un gran esfuerzo. Bastante complicado es escudriñar si esa persona puede ser interesante para nuestros fines.

—Realmente eres tan pragmático... Me encantaría que por una vez disfrutaras de la vida.

El joven calló, en tensión. Estaban a punto de entrar en el local.

Cuando se sentaron, la mujer llamó al tabernero y le hizo venir a la mesa.

—Buenas tardes. Soy doña Águeda de Mesía —se presentó la marquesa.

—Raimundo Ulloa, dueño de la posada, para servirla. Sé quién es usted —añadió ante la sorpresa de doña Águeda—. En Puente Viejo se habla bastante de la elegante dama que ha comprado El Jaral.

—Sabemos lo que se dice por el pueblo —interrumpió Olmo—. La señora alcaldesa, que rige el colmado de enfrente, se ha ocupado de extender los rumores.

—No son rumores malos. Solo se habla desde la curiosidad que genera la presencia de un vecino nuevo, cuyas intenciones no se conocen demasiado —dijo Raimundo, quitando hierro al asunto.

—Pues eso es fácil de arreglar —Olmo quería atajar los dimes y diretes—: Somos unos vecinos normales con aspiraciones normales.

—Tráiganos unas copitas de anís, Raimundo, por favor. Y tómese una con nosotros —intentó suavizar doña Águeda.

—Le agradezco la invitación, señora, y estaré encantado de charlar con usted de lo que buenamente quieran, pero si no le importa lo haré con un poco de agua. —Tras decir esto, el hombre fue hacia la barra donde estaba su hija y los recién llegados los vieron discutir en voz baja.

—Esa es Emilia —confirmó Olmo—. Y todavía hay otro hijo más, que no se deja caer por aquí demasiado.

Luego la joven se dirigió a la mesa con una botella de anís y dos copas con un adorno rojo que recorría de lado a lado el contorno. Puso la botella en la mesa con un golpe seco y con la misma rudeza, una copa tras otra. Hizo ademán de marcharse, pero regresó.

—Puede que mi padre haya sido muy diplomático con ustedes, pero yo no me muerdo la lengua —dijo insolente—. Sé que la Pepa está con ustedes. Me lo dijo Marcial, el cabrero.

—¿Sabías que Pepa estaba en aquel chozo? —preguntó doña Águeda.

—Todo el mundo lo sabía, pero no quería dejarse ayudar. Intentamos hacerla volver al pueblo, pero ella se negaba. El Julián acabó con un ojo morado en el forcejeo. La Pepa es mucha Pepa.

—Le aseguro... ¿Emilia?, ¿verdad? —preguntó doña Águeda educada. El saber estar siempre la ayudaba en estos casos. La joven asintió apenas—. Le aseguro, Emilia, que Pepa ha venido a El Jaral de un modo voluntario. Para su tranquilidad, le puedo jurar que yo jamás la habría forzado. Pero lo que sí le reconozco es que hubiera hecho todo lo posible por sacarla de aquel chozo. No lo dude. Era la única manera de evitar su muerte. No comprendo que los que se tienen por sus amigos la dejaran estar. —Doña Águeda hizo una leve pausa y completó—: Como ve, yo tampoco me muerdo la lengua, ¿verdad?

—¿Y cómo está la Pepa? —Emilia quería obviar el tema por vergüenza y porque no deseaba que le reprocharan el no haber acudido en ayuda de la chica.

—Está bien. Puedes ir a visitarla cuando quieras. O más bien cuando quiera ella.

—¿Qué quiere usté decir?

—No quiere ver a nadie. Está muy afectada por la muerte de esa preñada, Gloria, y teme que el pueblo se lo recrimine.

—Eso es una tontería. Todo el mundo en Puente Viejo sabe que ella hizo lo que pudo por salvar a esa mujer. Yo misma vi cómo trataba de salvarla. No pudo hacerlo y punto. Y si alguien se atreve a echárselo en cara, se las verá conmigo —dijo dando una sonora palmada sobre su pecho.

Raimundo Ulloa se acercó a la mesa.

—En cualquier caso, doña Águeda, usted debería explicar por qué protege a la chica —dijo al llegar—. ¿Viene a montar una especie de hogar de caridad o algo así?

—Digamos que somos algo así como de la familia.

—Nunca hemos sabido de ningún familiar de Pepa. Y no esperábamos que fueran como usted, desde luego —dijo el hombre tras cruzar una mirada con su hija, ambos intrigados.

—Les aseguro que mi único interés es ayudarla. Eso no puede ser motivo de reproche.

—Señora, Pepa ha sufrido mucho. No ha levantado cabeza desde la muerte de su hijo Martín. —Al oír a Emilia, Raimundo intentó hacerla callar, pero doña Águeda se agarró a sus palabras como a un clavo ardiendo.

—Sé que tenía un hijo, pero desconozco las circunstancias en que murió.

—Eso nadie lo sabe —dijo Emilia—. Carlos Castro se lo llevó y no se volvió a saber nada de él. Probablemente lo arrastraría el mismo río en el que apareció la carroza con el cuerpo del mayor de los Castro.

—¡Agua! —Doña Águeda miraba a Olmo, conmocionada. Él supo interpretar los motivos.

Olmo solo era un niño, pero aquello lo recordaría siempre.

Estaba en una barca, con su padre, que le pedía que se agarrara fuerte. Alrededor de ellos, otras barcas… ¡En medio de una ciudad inundada! Las aguas se hallaban cuajadas de troncos y ramas, de telas y ropas, y entre ellos, en medio, lo que parecía un barrizal inclasificable: los cuerpos de los muertos. Estaban completamente rodeados de cadáveres que el río arrastraba mientras atravesaba el centro de una ciudad. Una mujer trataba de avanzar con el agua por la cintura. Gritaba desesperada —«¡Alba, Alba!»—, al tiempo que pugnaba por que las aguas no la arrastrasen. Hundía sus brazos en el agua, intentaba dar con algo. Sacaba telas. Sacaba un hatillo. Sacaba barro…

Durante un momento el agua la sumergió y la ocultó de su vista.

El padre de Olmo gritaba como un loco —«¡Águeda!»—, y trataba de saltar sobre ella. El niño se agarraba a sus piernas y le pedía que no lo hiciera. Se lo suplicaba llorando, pero él no parecía escucharle. El hombre logró alcanzar la mano de la mujer con la suya y evitó que la corriente se la llevara. Tiró de ella y subió medio cuerpo a la barca.

Águeda tenía la cara cubierta de barro. Apenas dejaba ver lo hermosa que era. Jadeaba.

—¡Tengo que encontrarla!

—No está. No está aquí —decía el hombre—. Están todos muertos.

Ella le miraba con el rostro desencajado.

—¡No digas eso! ¡No vuelvas a decir eso jamás! —gritaba con desgarro—. ¡Alba está viva!

Olmo callaba, acurrucado junto a su padre, que ayudaba a subir a

Águeda a la barca y le prometía que seguirían buscando hasta dar con ella.

El resto de la noche la pasaron en la barca. Águeda jamás se sentó, con una antorcha en una mano y un palo en la otra iba empujando los restos que encontraba en la superficie, tratando de dar con su hija.

No solo examinaba los bultos pequeños. Cuando veía el cuerpo de una mujer, le daba la vuelta, por si acaso era el de la Candelaria. No habló en toda la noche. Solo gritaba, desgañitada y ronca, cuando el padre de Olmo intentaba convencerla de que debían dejarlo.

Abrió el día y Olmo vio por fin el rostro de Águeda bajo los primeros rayos del sol. El barro de su cara seguía intacto. No había derramado una sola lágrima.

—No has llorado —le dijo el niño, al tiempo que pasaba un dedo por la mejilla de la mujer.

—Se llora por los muertos, Olmo. Pero mi hija no está muerta.

Y sin embargo, el fondo de sus ojos estaba lleno de lágrimas apresadas.

Ahora esos mismos ojos tenían un velo de tristeza y la voz de doña Águeda, un tono parecido a la de aquella mañana.

—No se puede decir que Martín ha muerto si no se tiene una confirmación, si no se ha encontrado su cuerpo —dijo Águeda.

—Remover eso no tiene sentido. Cada vez que se hace, Pepa sufre una recaída —replicó Raimundo.

—Si tiene alguna prueba de que vive, debería ponerla en conocimiento de las autoridades. Si va a hacer sufrir a Pepa dándole esperanzas vanas, está en lo cierto: va a hacerle daño —sentenció Emilia.

—Dar con ese niño es lo único que puede darle un sentido a su vida.

Doña Águeda sabía de qué hablaba.

20

Volvía de Puente Viejo cargada de cosas para contar a Pepa durante sus tardes de bordados. Sabía que no era sensato relatarle su visita a los Ulloa, así que calló esa información, pero sí le habló de su encuentro con el párroco. Se sintió muy interesado en ella y en sus intenciones con la comunidad.

—Es más avanzado de lo que cabría esperar en un pueblo de estas características —opinó doña Águeda—. Está muy sensibilizado con la *Rerum Novarum*, una encíclica del Papa en la que trata de sensibilizar a los sacerdotes de su deber de defender a los trabajadores de los abusos, así como de no considerarlos como los nuevos esclavos —explicó en respuesta a la callada pregunta de Pepa—. Una declaración de intenciones contra ciertas personas. Salvador y doña Francisca Montenegro, por ejemplo. Por cierto, ¿no es extraño que mantenga su apellido de soltera?

—A ella no le agradará saber de quién soy hija —repuso Pepa.

—A ella no le agradará saber muchas cosas que yo sé sobre tu padre.

Luego la mujer cambió de tema para afrontar lo que, según pensaba, rondaba en aquel instante el corazón de Pepa.

—Sé lo que quieres saber y no vas a preguntar —dijo mientras bordaba—. No he visto a Tristán.

Pepa se pinchó levemente al escuchar ese nombre.

—Ni falta que hace.

—De todas formas, si quieres verle, lo mejor que puedes hacer es bajar conmigo la próxima vez.

La joven no respondió y doña Águeda retomó su charla intrascendente.

—Muy curiosa, por cierto, la familia del alcalde. Estos Mirañar querían invitarse a El Jaral. —Pepa levantó la cabeza—. Tranquila, he dicho que no, por supuesto. Él ha intentado hacer campaña conmigo hasta que le he recordado que falta un año aún para las próximas elecciones y que a pesar de ser rica y poderosa, soy mujer y no tengo derecho a voto.

—Doña Francisca tampoco lo tiene y sin embargo es ella quien quita y pone al alcalde.

—Las cosas siempre han sido así —comenzó a narrar doña Águeda—, desde que yo era pequeña. Recuerdo la ilusión de mi padre ante las primeras elecciones del reinado de Alfonso XII. Pensaba que las cosas cambiarían con él y le resultó esperanzador que el sufragio fuera universal, aunque las mujeres no pudieran votar. Sin embargo, esa esperanza no tuvo recompensa. El pucherazo fue aún más sonado, ya que era más gente la que votaba. En las siguientes elecciones ya no pudieron votar todos los varones mayores de edad, solo algunos con poder económico y ciertos licenciados. Es decir, como ahora. Sí... La cosa fue más disimulada.

»Durante aquellas elecciones, don Rafael y el resto de los caciques de la provincia se reunieron con los alcaldes de los pueblos y el gobernador civil para articular todo el proceso de fingimiento electoral. El gobernador traía el encasillado con los nombres de los diputados que debían ser elegidos. Don Rafael y el resto de los caciques volverían de esa reunión con el nombre de un diputado, que las elecciones, manipuladas por alcaldes y caciques, tendrían que dar como ganador. De manera que cada población tenía que elaborar un plan para obtener el resultado necesario.

Doña Águeda explicó a Pepa que no todas las provincias tenían que dar el mismo. Se podían equilibrar unas con otras. En algunas se podía dejar al libre albedrío, pero aquellas que habían sido designadas para obtener una mayoría debían cumplir lo pactado o todo el sistema de encasillamiento se desbarataría. En cualquier caso, esas decisiones no trascendían de la planificación que se hacía tras el encasillado.

—Mi padre, a quien don Rafael había invitado a ir con él, por lo general no sabía más que lo que decía don Rafael al volver. Y eso simplemente era una frase corta, del tipo: «Don Roque Ochoa de Quesada va a ganar esta vez». El tal don Roque ya había salido elegido en 1876, y saldría elegido en 1881, ya que a pesar de los cambios en las Cortes de Madrid, los movimientos políticos en la mayoría de las comarcas eran inapreciables. Pero al margen del pucherazo, la ausencia de don Rafael durante los tres días que duraron aquellas deliberaciones supuso la salida temporal de Catalina de su casa.

»Nadie verbalizó nada, pero no procedía dejarla sin su padre con un amigo de la familia como Salvador en casa. No había nada que decir: ni que Salvador estaba casado, ni que el servicio doméstico no la dejaría sola ni a sol ni a sombra. El episodio del pañuelo durante el duelo con el marqués de Albí había hecho correr rumores, la mayoría de los cuales simplemente se preguntaban a santo de qué Salvador había tenido que pedir una prenda a nadie. Al final, Catalina se vino a pasar unos días a Aguamansas con nosotros, mientras que el militar y su esclavo se quedaron en el cortijo de don Rafael.

—¿Y qué tal fue todo con ella?

—Fue... extraño.

La llegada de Catalina no resultó tan alegre como la que se vivió unos meses atrás. Ninguna de la dos muchachas parecía encantada ya de compartir techo y así, no compartirían habitación y mucho menos confidencias.

En el tiempo que pasaban juntas en el salón no hablaban directamente de Salvador Castro, pero las pullas eran constantes. La venganza de Águeda era retomar el panegírico de Gonzalo Mesía. Era un marcaje territorial, un modo de recordar para quién estaba destinada su amiga. La de Catalina, hablar de Joaquín, y eso era algo que a Águeda le resultaba más que irritante. Ignoraba si Gonzalo Mesía seguía siendo una figura atractiva para Catalina, pero Joaquín, desde luego, a ella ya le resultaba marcadamente antipático y sin duda las referencias de Catalina la herían.

Salvador acudía con frecuencia al cortijo de Aguamansas. La empresa común que planificaba con don Alonso seguía adelante y había muchas cosas que cuadrar y supervisar. Aunque no era un experto, el propio Salvador tomaba decisiones sobre qué terrenos había que convertir en olivares. Salía con el padre de Águeda a ver los campos y las dos muchachas los acompañaban detrás; con toda la comitiva, como siempre, vigilada en su retaguardia por el silencioso Kumoo.

—¿Cómo hará Salvador para tirar a su esclavo de las orejas? —bromeó Catalina.

—¡Catalina! ¡Eres cruel! —cortó Águeda.

—¿Tú crees? No me hace sentir nada cómoda. Creo que me vigila.

—Sí, da la sensación de observar todo y a todos.

—Pero al menos sirve para algo, no como mi servicio. Mi ama Carmen es una haragana. Y la muchacha, Ángeles, pone mala cara cuando le ordeno cosas. Mi padre me ha dicho que es mejor no castigarla y dejarlo pasar. ¿Por qué tendría que dejarlo pasar?

—Pues porque probablemente sea mejor hacerlo así.

—Salvador tiene razón. Los esclavos son los mejores sirvientes. No sé si será con Gonzalo Mesía o no, pero te aseguro que viviré en una casa asistida por esclavos. —El talante caprichoso de Catalina estaba cada vez más desbocado.

—¿Te estás volviendo loca? —preguntó Águeda molesta ante una frivolidad tan injusta.

Por toda respuesta, su amiga azuzó su montura y cabalgó hacia Salvador, aprovechando que don Alonso atendía unas plantaciones.

Águeda se volvió hacia Kumoo y le pareció ver como este le hacía una señal a Catalina para que no se acercara a su amo. Tuvo miedo, y además no podía evitar sentir envidia de su amiga: quería tener sus rizos de oro, su talle menudo, su risa estúpida. Le hubiera gustado renunciar a esos comentarios suyos que ponían el dedo en la llaga, a cambio de ser capaz de articular esos apuntes insulsos que provocaban la sonrisa de Salvador. Como el que hacía en ese momento.

Inocente, preguntaba al militar:

—A veces me recuerda usted al padre Julio. ¿No será acaso un exclaustrado?

—¿Un exclaustrado? No, qué va… En una ocasión pisé un monasterio…, pero no me terminó de gustar lo que vi.

21

Águeda no comprendía el comportamiento de Salvador con Catalina. No se le veía interesado en ella de un modo carnal, desde luego, pero se desvivía por la joven y parecía estar al tanto de todos sus caprichos. Por eso y para intentar comprender algo más de un hombre tan misterioso, buscó a don Andrés. Sin embargo, el maestro seguía esquivo.

—No sé de él más que tú —respondió a las preguntas de Águeda.

—¿Qué pasó el día del encuentro con Salvador?

—Nada.

—Algo pasó. Él alzó el caballo y le tiró a usted al suelo.

—Tropecé.

—No me estará mintiendo, ¿verdad, don Andrés? —Extrañamente adulta, Águeda le tocó el brazo y no apartó de él su mano.

En aquel momento se sintió una manipuladora. Era consciente del poder que ejercía Catalina en los hombres, y probablemente ella también lo tendría si supiese cómo emplearlo. O tal vez simplemente quisiera sentir su contacto. En cualquier caso, no fue algo inocuo. Sin mirar la mano en su brazo, Águeda notó la incomodidad de don Andrés. No creía que le repugnara su contacto. Era más bien que no sabía cómo reaccionar. Era la primera vez que le tocaba así. Al menos de un modo consciente.

—Si supiera algo más me lo diría, ¿no es así?

—Claro —contestó el maestro, desviando la mirada—. Pero… ¿qué hace Catalina con él?

—Es un amigo de la familia, y en este momento hace negocios.

—Se está poniendo en evidencia. Sale a cabalgar a solas con ese hombre. Y corre peligro —dijo con una vehemencia que sorprendió a Águeda—. ¿Qué opinaría el padre Julio de lo que sucede entre ellos?

—Entre ellos no sucede nada. Catalina no es más que una niña malcriada que juguetea con Salvador y se hace ilusiones de algo que no es posible. No es más que un juego para ella. Todo es un juego para ella.

—Menos mal que tú no eres así. —Don Andrés se mostraba tranquilo ante la madurez de Águeda, pero ella se sentía una impostora. Se parecía más a su amiga de lo que don Andrés pensaba.

El asunto del acercamiento entre Catalina y Salvador habría quedado zanjado de no ser por el comportamiento de Kumoo. Parecía preocupado y eso, a su vez, preocupaba a Águeda. Si había alguien que pareciese conocer al héroe de la guerra de Cuba ese era Kumoo, su sombra, su silencioso colaborador. ¿Hasta qué punto llegaría su fidelidad? Era incapaz de replicar a su amo, pero ¿podría obstaculizar sus planes? Águeda estaba convencida de que era más autónomo de lo que Salvador esperaba, desde luego. Y parecía la única capaz de percibir el deseo de Kumoo de hablar lejos de la mirada de su amo. Así que decidió hacer algo.

El militar y don Alonso se encontraban haciendo sus cálculos para el futuro. El primero estimaba la manera de reducir aranceles a la hora de sacar el aceite de España, buscaba alguna manera de esquivar los impuestos y no descartaba dedicar parte de su inversión a sobornar funcionarios.

En ese momento a Águeda se le ocurrió proponerle a Catalina visitar los restos romanos del monte Saquer. No fue fácil convencerla porque a su amiga jamás le había interesado demasiado el tema, pero al final accedió.

—¿Nos daría permiso para que Kumoo viniese con nosotras a ensillar nuestros caballos? —preguntó Águeda a Salvador con voz inocente.

—¿Para qué lo quieres? —Don Alonso la miraba extrañado—. Tenemos nuestros propios mozos, pídeselo a uno de ellos.

La joven miró a Kumoo y mintió.

—Los mozos de cuadra nos sirven todos los días. ¿Cuántas veces podemos ser atendidas por un esclavo negro?

—¡Águeda! —se indignó su padre. No reconocía a su propia hija. Pero aquella razón de niña malcriada pareció divertir a Salvador.

—Obedece a estas damas y haz todo lo que te dicen. Espero no recibir ninguna queja de ellas o lo pagarás con el látigo —ordenó a su esclavo.

Kumoo asintió.

Instantes después llegaban a las cuadras. Águeda ordenó salir a los criados y aunque Joaquín protestó, tuvo que ceder ante la dureza de sus gestos. Cuando se quedaron solos, la joven puso frente a frente a Catalina y a Kumoo.

—Dile lo que querías decirle, ¡vamos! —incitó al esclavo.

Su amiga no sabía qué estaba pasando, y el negro tardaba en reaccionar. Águeda tuvo que animarle, con voz templada, apaciguadora.

—Explícaselo, habla.

—*Futoo Salvador! Koridaatiyo Faasikoo!*

Catalina no entendía nada de lo que decía Kumoo.

—*Futoo Salvador!*

Y se iba poniendo cada vez más nerviosa.

—*Koridaatiyo Faasikoo!*

Nerviosa, la hija de don Rafael tomó una fusta, como hubiera hecho el propio Castro, y cuando la alzó para pegar al esclavo, este la detuvo en el aire.

—¡Aléjese de Salvador! ¡Amo peligroso!

Aquello bloqueó a Catalina, que no supo cómo reaccionar. Era más de lo que parecía capaz de soportar. De repente, su mandíbula comenzó a retorcerse de una forma extraña y su cuerpo a agitarse con movimientos espasmódicos.

Hasta ahora, Águeda no había sido testigo de ningún ataque de su amiga. Todas las referencias que tenía eran las que le había contado ella; ahora tenía ante sí uno y probablemente había sido por su culpa. Presa del ataque de alferecía, la chica cayó al suelo y los espasmos aumentaron.

—¡Kumoo, ve a pedir ayuda! —le conminó la hija de don Alonso, asustada ante la virulencia del ataque de su amiga.

Sin duda estuvo tentado de hacerlo, pero en lugar de eso, se arrodilló junto a ella. Águeda gritó con fuerza, pidiendo ayuda, pero de pronto sucedió algo que la hizo callar: el esclavo comenzó a murmurar un ritual desconocido. Demasiado rápido para resultar inteligible. Levantaba su cabeza con los ojos cerrados y seguía murmurando sin detenerse, mientras colocaba su mano sobre la frente de Catalina, en un intento de detener sus espasmos. Alzaba la cabeza, la movía en círculos. En uno de esos giros, Águeda pudo ver como sus ojos, ahora entreabiertos, estaban en blanco.

Se dio cuenta de lo que trataba de hacer: estaba intentando salvarla o curarla a través de sus rezos. Retrocedió casi sin darse cuenta. Estaba ante un antiguo ritual, y sin saber por qué, aquello le imponía mucho respeto.

Kumoo continuaba con su liturgia. Tomó la mano de Catalina, la abrió y puso en ella una figurilla, un ídolo de madera, que sacó de su mano. Dónde lo había llevado hasta ese momento era un misterio: no portaba zurrón ni nada parecido... ¿Para qué necesitaría un esclavo un sitio donde guardar pertenencias?

El negro apretó la mano con fuerza y siguió con su letanía. El tiempo se hizo eterno y Catalina seguía sacudiéndose y arqueándose, como si de verdad estuviera poseída por un demonio. Probablemente eso era lo que pensaba Kumoo, que la joven tenía un demonio dentro. Y él estaba tratando de expulsar ese demonio de un modo parecido a como lo hacía Jesús según los Evangelios.

El hombre intentó aflojarle el cuello de su blusa, pero las ropas que Catalina llevaba no permitían hacerlo. Optó por desgarrárselo y la chica pareció sentirse aliviada, aunque sus espasmos no cedieron. Kumoo le quitó el ídolo de su mano y comenzó a frotarlo contra el cuello y la clavícula de la joven, como haciendo con él una señal de la cruz.

Águeda estaba tan pendiente del ritual que no se percató de lo que sucedía alrededor. Don Alonso, Salvador y una cuadrilla de mozos se acercaban corriendo. No hubo tiempo de dar explicaciones. Una mancha negra impactó contra Kumoo y lo alejó del cuerpo de Catalina.

—¡Aparta, cerdo! —gritó Salvador.

Le había dado una patada en la cara. El duro talón de su bota le había roto el labio, pero antes siquiera de que comenzara a sangrar, se lanzó contra él y empezó a golpearle con su fusta. A un lado y a otro. Una vez y otra. Cada uno de sus latigazos levantaba una herida en el rostro de Kumoo, hasta que acertó a tapárselo y se protegió en un rincón de la ira de aquella bestia.

—¡No le pegue! ¡Él la ayudaba! ¡No ha hecho nada! —Pero Salvador estaba loco y su fusta ya había desgarrado la camisa de Kumoo: el cuero hería directamente la piel de su espalda. A las viejas cicatrices de antiguos latigazos se superponían ahora los sangrantes zarpazos del nuevo castigo.

Don Alonso acudió en ayuda de Catalina y trató de averiguar qué le pasaba.

—¡No hacía nada malo! —repetía Águeda—. ¡Catalina estaba teniendo un ataque y él la ayudó!

Su padre entendió rápidamente la situación. Si hubiera sido un ataque de un esclavo salvaje, como ellos se pensaban, la cosa ya estaría solucionada. Ahora se encontraba ante un problema que no sabía solucionar. Aun así, pronunció con una autoridad inusitada:

—Salvador, deme su cincha.

Aquella frase hizo que la paliza parara. Don Alonso tomó la fusta de la mano del militar, mientras Catalina seguía con sus espasmos en el suelo, y la puso entre los dientes de la joven para evitar que se mordiera o se ahogara con su propia lengua. Levantó su mentón y le echó hacia atrás la cabeza. Y poco a poco la frecuencia de los espasmos fue disminuyendo hasta que Catalina quedó completamente quieta. Cuando su mandíbula se relajó, don Alonso retiró la cincha de entre sus dientes. Cerca de ellos, Kumoo continuaba ovillado en el suelo, sangrante e inconsciente.

En aquel lugar quedaron dos cuerpos devastados por la estupidez de Águeda: dos víctimas de la ira y los celos.

Llevaron a Catalina al dormitorio y no salió de allí hasta que su padre volvió y se la llevó. Prefirió sacarla por la noche, en una carroza. Pasó varios días sin salir de sus aposentos. Cuando lo hizo estaba pálida y demacrada, y desde entonces su relación con Salvador no fue la misma. Él dejó de invitarla, de reír sus frivolidades. Y ella se sentía avergonzada de haber mostrado ante él lo que para ella era un defecto. Las miradas de Salvador delataban una repugnancia hacia la niña de rizos rubios que en algún momento fuera atractiva para él. Ya no volvió a cabalgar a su lado. Intentó evitar su contacto a solas y fue distante con ella cuando estaban juntos en compañía.

Un día, paseando con Águeda, las jóvenes encontraron la prenda que Catalina le dio a Salvador para el duelo: estaba atada en el poste de una valla, llena de barro y raída. Lloró amargamente. En esa ocasión, su amiga no la consoló.

Kumoo había conseguido protegerla de Salvador. Quizá no de un modo intencionado, pero lo había conseguido. A partir de entonces fue normal verle con grilletes en las manos y en los pies. Su amo lo llevó a Acatucia a que un herrero se los pusiera: el encargo más extraño que le habían hecho en su vida. La cadena que los unía era lo bastante larga como para permitirle moverse con facilidad e incluso podía, no sin dificultad, subir a caballo y cabalgar. El gran castigo era su peso y el hecho de ser la única persona a este lado del océano que iba encadenado.

Desde entonces, Águeda ya no lo miraba de igual forma. Era consciente de que no podía comunicarse con él, pero saberle cerca le hacía sentirse segura.

22

Águeda no era la única que se sentía confundida ni la única que había traicionado sus ideales, sus principios. Todo empezó a torcerse durante las elecciones de diputados a las Cortes. Don Alonso se preparaba para salir a votar cuando recibió la visita de don Rafael.

—Está sucediendo algo en el Ayuntamiento —dijo muy alterado—. ¡Están votando al aspirante!

Con esto quería decir que el candidato «encasillado», don Roque Ochoa de Quesada, no estaba siendo el más votado. Algo ocurría, algo que se les escapaba, no habían hecho las cosas bien.

Cuando llegaron al Ayuntamiento encontraron un revuelo en la entrada. Los hombres de don Rafael no dejaban entrar a un grupo de votantes que se concentraba frente a la puerta.

—¿Qué pasa aquí? —casi gritó al verlo.

—Pasa que esto es un pucherazo —alzó la voz un joven.

—¿Quién es usted?

—Soy don Miguel Sáenz de Leciñana, abogado, y estoy aquí acompañado de varias personas a quienes se les estaba obstaculizando el voto.

—¿Quiénes son? —preguntó don Rafael.

—Otros abogados, un grupo de oficiales del ejército, varios funcionarios, dos médicos, un farmacéutico y un maestro —enumeró el otro.

—¿Un maestro?

Eso activó a don Alonso, que se adelantó para verlos. En efecto, allí estaba don Andrés, tratando de entrar para votar junto con el resto.

—¿Qué hace usted aquí? —le preguntó.

—Vengo a votar —contestó con decisión don Andrés.

—Legalmente pueden hacerlo —dijo don Miguel—. Tienen los papeles que así lo acreditan y lo harán en cuanto esos matones les permitan el paso.

Don Rafael comenzó a ponerse realmente nervioso.

—¿Qué sucede? —le preguntó don Alonso llevándolo aparte.

—Mi hija. Con lo de su convalecencia no hice los cálculos.

—¿Qué quiere decir?

—Que no sé si deben hacerlo. No tengo la seguridad de que don Roque vaya a salir elegido.

—Pero ¿cómo que no tiene los datos? ¿No movilizó usted a todos sus votantes?

—¡Ya le digo que no!

Ambos amigos estaban muy nerviosos.

—No podemos dejar que voten —murmuró don Rafael.

—Pues, amigo mío, no podemos impedirles entrar —dijo don Alonso.

—Vamos, no se haga el inocente. El permiso para la construcción de su almazara. ¿Por qué cree que lo hemos tramitado tan rápido? Creo que nos debe un par de favores.

La cara de sorpresa de don Alonso revelaba su desconcierto: no sabía en absoluto de qué le hablaban. Mientras que su fortuna había ido menguando, no le había importado a nadie lo que hacía o quién era. Ahora, con sus importantes planes de negocio entre manos, formaba parte de ese selecto grupo en el que no había decidido entrar. Comprendió que cuando don Rafael le invitó a reunirse con el gobernador civil no era solo un gesto de cortesía, sino una invitación formal. Era uno de ellos y si quería seguir adelante con sus planes con Salvador Castro, debía ponerse de su parte.

Don Alonso sufría. Sentía que ya no podía echarse atrás. Había firmado demasiados documentos. Su futuro, y sobre todo el de su hija, dependía de que la olivarera funcionase.

—Está bien. Hablaré con ellos. —Y se dirigió a don Andrés para preguntarle qué era lo que querían.

—¿Qué es lo que se quiere en unas elecciones? —le respondió altivo su amigo.

Habían pasado juntos tantas veladas hablando de cómo deberían cambiar las cosas... Ahora tenía que desdecirse de todo.

—Aunque les dejaran entrar y ejercieran su derecho al voto no cambiarían nada. Probablemente los votos de don Roque ya son mayoría en esa urna. —Intentó hacerle entrar en razón—. Pero aunque no lo fueran, hay otras urnas en la comarca. Don Roque ganará. Y en caso de que no lo hiciera legalmente, se las apañarán para manipular el voto. Al final será él quien se siente en su escaño. No podrán evitarlo. Y si no, serán otros como él.

—Me sorprende usted. No hablamos de don Roque —dijo don Andrés, convencido—. Ni siquiera sé a quién pretendo votar. Hablamos precisamente de eso, de poder votar. De que los Hernández de Valderrama no dicten nuestra vida. Estamos aquí porque las cosas están cambiando. «Tempora mutantur, et nos mutamur in illis»: los tiempos cambian, y nosotros cambiamos con ellos. Su hija conoce esta frase y ella es el símbolo de que las cosas no se mantienen inmutables, don Alonso.

—Las cosas están cambiando, sí. —Don Alonso se ofendió al oír la referencia sobre su hija—. O mejor dicho, muchas cosas van a cambiar. He sido condescendiente contigo. Te he tratado demasiado bien y ahora te aprovechas de eso. Márchate con tu gente o...

—No es mi gente. Cada uno de ellos tiene sus motivos.

—Está bien. Si quieres que lo hagamos por las malas, así se hará.

—¿Llamará a Salvador Castro para que me dé una paliza?

—Este lugar necesita gente como él. Con su ayuda conseguirán que esta comarca medre. Todos se verán beneficiados con estos negocios.

—El único que se verá beneficiado con los negocios de Salvador Castro es el propio Salvador Castro. Parece mentira que no lo haya comprendido todavía. Cuanto más tarde lo comprenda, peor será para usted.

En el fondo de su alma, don Alonso sabía que aquello era cierto. Estaba rojo de ira, pero realmente, la única persona con la que estaba enfadado era consigo mismo por haber llegado a un punto en el que no podía echarse atrás.

—No hay modo de convencerlos. Ya sabe lo que tiene que hacer —le dijo a don Rafael.

—¿Cómo que no hay modo? —El otro no entendía qué quería decir.

—Disolverlos en este momento sería un escándalo que no nos podemos permitir. No nos conviene salir en los periódicos de mañana. —Ante la falta de recursos de don Rafael, don Alonso tomó la iniciativa—. Dejemos que entren, que metan su voto en la urna. Cuando se hayan ido haremos el recuento y daremos sus votos por nulos. El alcalde está de nuestra parte, ¿no es así?

—Sí, sí... —asintió don Rafael, nervioso.

—Nos quedaremos aquí hasta el cierre de la urna.

Pero los partidarios del «aspirante», como don Rafael los llamaba, no se fueron tan tranquilos tras ejercer su derecho al voto. Intuyendo que los hombres de Hernández de Valderrama no se quedarían de brazos cruzados, decidieron estar presentes también durante el recuento. Nadie parecía saber si podían hacerlo o no. Esa norma no estaba contemplada en las ordenanzas. No había nada que lo impidiese, pero tampoco había nada que lo permitiese.

Don Rafael y don Alonso se agarraron a eso para echarlos. Según ellos, estaban interfiriendo en el recuento del voto. La tensión fue en aumento y acabaron por llegar a las manos. Y esa violencia fue la que se empleó para echar a todos del Ayuntamiento y acabar con el conflicto.

Don Andrés se mostró especialmente beligerante y llegó a llamar «cacique» a don Alonso. Al enfrentarse a su patrón, había iniciado un camino sin retorno: sabía que ya no podría volver. Que su vida, tal y como la había entendido en los últimos años, había tocado a su fin.

Don Alonso permitió que don Andrés entrara en la casa a recoger sus cosas, aunque no le dio carro ni montura para llevárselas. El maestro metió las cosas que pudo en su maleta y se marchó. Sin embargo, los hombres de Hernández de Valderrama le esperaban a la vuelta del camino: le dieron una paliza tal que le partieron varias costillas y al llegar a Acatucia tuvo que ser atendido en la iglesia de los Remedios.

Cuando, extrañada porque no llegaba a su clase de la mañana, Águeda fue a buscarlo a su habitación, la encontró vacía. Ni una nota. Ni una carta para ella. Apenas dejó unos trozos de sillares romanos con forma de rombo, bastante pequeños. ¿Por qué se había ido?

La joven corrió a la cocina. Sara y Carmelo le contaron los hechos. Y Águeda corrió. Corrió al recodo del camino donde intuyó que podrían haber atacado a don Andrés. Allí no había nada. Se asomó por el balate y entonces las vio: las maletas de don Andrés estaban tiradas, barranco abajo, dispersas. No solo su ropa. Sus revistas, sus libros, los cuadernos con los que le había enseñado latín, ciencias o geografía, y no solo a ella, sino al resto de los niños del cortijo.

Encontró la nota del periódico que hablaba de aquel descubrimiento de las pinturas en Altamira. La noticia estaba señalada con un lápiz, que indicaba «Enseñar a Águeda». Se arrepintió de no haberle hecho caso cuando se la mostró. Triste, miró el barranco, lleno de ropa desperdigada.

23

Estaba a punto de caer por un barranco. La gente gritaba arriba. La insultaban. La llamaban ladrona, robaniños, bruja, pero el insulto que más se repetía era «puta».

Aquellas miradas estaban cargadas de odio. Los ojos inyectados en sangre, dientes amarillos y encías pálidas. Era la envidia ensañándose con ella. Personas que antes le habían sonreído ahora le escupían a la cara. La empujaban, la llevaban hacia el abismo. Ella miraba hacia abajo y se limitaba a negar como si una palabra pudiera impedir lo que estaba sucediendo.

Uno de sus pies pisó en falso.

«Aún puedo recuperar el equilibrio —pensó—, todavía sigo de pie.»

Pero no contaba con los empujones de esa mujer de pelo enmarañado. La recordaba porque una vez Teófila y ella la atendieron: llevaba semanas con una llaga en los labios que no parecía querer marcharse. Ahora esos labios estaban curados, podía estirarlos sin problema para gritarle mientra la empujaba.

«Ya está —pensó—. Así es como vas a morir, Pepa. No parece tan grave. Seguramente tu cabeza se golpee contra una roca y pierdas el conocimiento, de manera que no sientas el resto de la caída.»

Pero no, no debía perder el conocimiento. Debía permanecer despierta. Era fundamental que siguiera consciente.

—¡No te duermas! Si te duermes no podré salvarte.

Salvarla era importante, pero también tenía que sacar vivo al niño.

Ahora Pepa estaba en una humilde casa de paredes húmedas y oscuras. Un pañuelo en la cabeza evitaba que el sudor de su frente le impidiera ver, pero ese parto estaba siendo tan largo que a pesar del pañuelo, los ojos le ardían por la sal. Por debajo de su ropa estaba completamente empapada. No recordaba haber sudado nunca tanto.

Frente a ella, con las piernas abiertas, una embarazada pálida como una muerta inclinaba su cabeza hacia un lado, con los ojos entreabiertos y las pupilas vidriosas.

—¡No te morirás! ¡Tienes que dar a luz a este niño!

Pero el niño no salía. Ni siquiera estaba colocado. Aquella mujer se le moría y el niño iba a morir con ella.

—¿Qué niño? —gritaba Pepa mientras palpaba el vientre de la embarazada. Su mano se hundía en ella, al tiempo que un borbotón de sangre manchaba su delantal—. Pero ¿dónde está el niño?

Sintió la calidez de la sangre cayendo por sus tobillos. Escuchó el chapoteo de esta al caer al suelo. No entendía de dónde salía toda esa sangre, ni lo que estaba pasando allí.

—¿Y el niño? ¿Dónde está el niño? ¡¿Dónde está el niño?!

Despertó empapada en sudor. Doña Águeda estaba frente a ella, tratando de hacerla volver a la realidad. Pepa tardó en ubicarse y en ubicar a aquella mujer que se dirigía a ella con voz suave.

—Hablabas de un niño —decía.

—El barranco. La paliza —tartamudeaba—. A mí me pasó eso cuando Carlos me echó de su casa. Me pegaron. Querían tirarme por un barranco. Me echó después de robarme a mi hijo.

Doña Águeda se sentó al borde de la cama y abrazó a Pepa. Y por primera vez, ella no se zafó del abrazo de su madre.

24

Salvador iba tejiendo su imagen fascinante en torno a Águeda. Todas las atenciones que antes dedicaba a su amiga ahora se las dedicaba a ella, aunque la joven no entendía sus motivos: Catalina era una belleza estándar, ella no; Catalina estaba siempre riendo, ella hacía preguntas incómodas a menudo. Solía pensar que Catalina había sido para él un capricho pasajero mientras que ella podía ser una compañía más sólida, pero se sacudía aquellos pensamientos de la cabeza y se reprochaba haberlos tenido.

Si lo que Salvador quería era compañía femenina fuera del matrimonio, podría encontrarla sin problema en el pueblo. No sería el primero. Así que pensaba que lo que le atraía de todo ese asunto era la excitación de lo prohibido, y por supuesto pensaba que todo se quedaba en eso. En un juego. En darle la mano para ayudarla a bajar del caballo. En acercarse a ella cuando estaba leyendo y preguntarle por sus lecturas.

Águeda estaba convencida de que a Salvador le gustaba apreciar el rubor que provocaba en ella. Sabía que tanto Catalina como ella se sentían turbadas con su presencia, pero su amiga era capaz de disimularlo con una sonrisa, mientras que ella se ponía colorada, apretaba los labios en una mueca forzada y tardaba en dar respuesta a las preguntas más simples.

Ese hombre era un gato jugueteando con un ratón. Y parte del juego era que todo eso pasara por algo inocente a ojos de don Alonso.

Catalina se moría de celos: el desprecio evidente de Salvador la llevaba a odiarle y ese comportamiento no hacía sino reafirmarla en que su mal debería permanecer oculto a los ojos de Gonzalo Mesía, quien poco a poco volvería a ser su tema recurrente, aunque desde luego no en sus conversaciones con Águeda, cada vez más escasas. Apenas coincidían. Los asuntos de la futura colaboración entre Salvador, don Rafael y don Alonso estaban cada vez más atados y las reuniones de las tres partes iban siendo menos frecuentes.

Por eso Águeda se extrañó al ver aparecer a Catalina aquella tarde en el cortijo. Le pareció de recibo salir a pasear con ella, y ambas mantuvieron las formas hasta que la hija de don Rafael sacó a la palestra el tema prohibido.

—Parece que ahora eres tú su favorita. Ahora eres tú la que sale a dar paseos con él y la que pasará veladas en su compañía. Muy astuta, Águeda.

—No era esa mi intención. Al menos consciente —se disculpó ella, aun sabiendo que los hechos, a todas luces, demostraban lo contrario.

Catalina soltó todo su veneno.

—Es un hombre casado. Tiene una esposa y un hijo pequeño que le esperan en Puente Viejo. —En aquel dardo, la muchacha puso parte del veneno que había ido macerando en su corazón. Al acusar a Águeda, revelaba las intenciones que ella misma había tenido y que ahora se habían visto frustradas.

—Nunca he esperado nada de Salvador, Catalina —replicó, consciente de que no estaba siendo totalmente sincera.

Ninguna de las dos se daba cuenta en ese momento, pero Salvador las había hecho cambiar. No solo porque las hubiera enfrentado, sino porque había conseguido que dos muchachas de diecisiete años discutieran sobre la posibilidad de tener una relación con un hombre que casi las doblaba en edad.

—De todas formas, no me gusta que vayas por ahí contando esas cosas sobre mí y sobre Salvador.

—¿Temes que Joaquín se entere?

—¿Qué me importa a mí eso?

Águeda no entendía qué tenía que ver Joaquín con todo aquello. Él no era más que un capricho infantil, una atracción muy poco consistente, que ahora tampoco representaba nada importante.

—Me alegro de que te importe tan poco. Así apenas sufrirás cuando muera en Cuba. Sé de buena tinta que ha recibido una notificación del Ministerio de Guerra. Se incorpora a filas...

Ese último estoque llevaba el resto del veneno que le quedaba. Catalina se marchó dejando a su amiga con el desasosiego de si eso era verdad o solo trataba de hacerle daño.

Águeda corrió a la cocina para comprobar si lo que Catalina le había contado era cierto. Allí estaba Sara, llorando desconsolada junto a Carmelo y el pobre Joaquín, que trataba de mantener el tipo. En las crispadas manos de la mujer, la carta del Ministerio con la hoja de movilización.

La presencia de la joven pareció aliviarlos. Querían que les confirmara que lo que decía esa carta no era lo que ellos se temían, que había algún error y alguna manera de evitarlo. Ninguno de ellos sabía leer bien: a pesar de que don Andrés había dado clase a todos, en momentos como esos quedaba claro que faltar a las lecciones a causa de las labores, o simplemente el no tener un libro con el que repasar, marcaban la diferencia entre saber leer o no.

La carta del Ministerio solicitaba la inmediata incorporación de Joaquín a filas. Cuba, de nuevo. Se había producido un nuevo levantamiento rebelde en la ciudad de Santiago y el presidente Martínez-Campos, que sabía mejor que nadie lo que había costado aplastar la anterior por falta de contundencia, se disponía a mandar un contingente que hiciera temblar la isla.

Águeda pensó rápidamente en una salida viable: le explicó a su padre la posibilidad de lograr una redención en metálico para Joaquín.

—Si Catalina o yo hubiéramos sido muchachos, también nos habrían movilizado. —Buscaba ganarse a su padre desde la empatía—. Y lo normal en ese caso habría sido pagar las dos mil pesetas de la redención en metálico para evitarnos los tres años de servicio militar.

En tiempo de conflicto, evidentemente, el pago parecía lo más recomendable, pero don Alonso no estaba de acuerdo con ese razonamiento.

—Eso sería de todo punto inadecuado, hija mía.

—Padre, es Joaquín. Él y su familia nos han servido durante años —protestó—. ¿No es justo hacer algo por ellos?

—Lo justo no siempre es lo correcto, Águeda. En esta finca hay casi un centenar de braceros, de los cuales no menos de veinte están en edad de incorporarse y seguramente recibirán también una carta del Ministerio. ¿Quieres que pague por Joaquín y no por el resto?

—Sería un préstamo —insistió Águeda, sin querer entender—. Sara estaba haciendo cuentas para afrontar el pago. Piensa vender lo poco que tienen, los recuerdos de familia, iba a pedir prestado a unos familiares... En su desesperación, estaba planteándose incluso el ponerse en manos de alguno de esos prestamistas sin escrúpulos. Pero ni aun así pueden reunir el dinero necesario.

—Si les hiciera ese préstamo, los condenaría a la esclavitud de una deuda que no pueden afrontar. Quedarían atados a la finca de por vida y dependiendo de nosotros para devolver ese dinero.

—Pero ¡así es exactamente como están!

Águeda veía como la imagen de su padre como hombre progresista se le iba desmoronando. Hacía poco le había visto traicionar aquellas ideas en las que parecía creer; todos esos volúmenes de Proudhon y Thoreau, aquellos que mantenía ocultos en la parte de atrás de los estantes porque estaban dentro del índice de libros prohibidos..., nada parecían significar ya para él.

Hundida, la joven se refugió en su rincón de la biblioteca. En aquel momento esos libros prohibidos le parecían más auténticos que todas las personas que había conocido. Al menos ellos no traicionaban, quizá porque tampoco tenían forma de hacerlo.

La puerta de la biblioteca se abrió despacio y apareció Salvador. Sabía que había discutido con su padre. Se sentó frente a ella.

—¿Qué significa Joaquín para ti, Águeda? —le preguntó suavemente.

Por primera vez, ella se paró a analizar sus sentimientos. Sabía que muchos muchachos irían a esa guerra. Era consciente de que no tenía tantas cosas en común con Joaquín, aunque se sentía muy cerca de Sara y Carmelo. Entonces, ¿por qué era tan importante que Joaquín no marchase a Cuba?

—Joaquín es una parte importante de mi infancia —mintió. Callaba sus verdaderos motivos: supo que si se había obcecado en evitarlo era porque pensaba que defendiéndole negaba las acusaciones de Catalina sobre su atracción por Salvador Castro.

—Míralo desde este punto de vista: el ejército puede ser una oportunidad para él. No se la niegues. —El hombre hablaba convincente—. Yo tampoco era gran cosa antes de ser militar.

—¡No! ¡No quiero que muera en la guerra! —Águeda se arrodilló ante él—. Por favor, ayúdele. Se lo suplico. Usted tiene contactos, estoy segura.

Aquella situación hizo que algo cambiara en Salvador. Fue consciente de que si hacía algo así por ella, Águeda le estaría eternamente agradecida. Y entonces dejó de verla como a una niña. Ante sí tenía a una mujer capaz de suplicar por conseguir lo que quería, capaz de luchar con todas sus armas. También ella fue consciente del cambio en la mirada de aquel hombre que se alzaba imponente por encima de su cabeza y que la hizo ruborizarse. Quiso huir, avergonzada, pero él la retuvo.

—Juro por mi honor que velaré por Joaquín —le dijo sin despegar la mirada de sus ojos, y mientras aferraba su brazo—. Tengo contactos en Cuba, efectivamente. No puedo garantizar su vida, pero te aseguro que siempre habrá alguien protegiéndole.

Por primera vez, Águeda tuvo la sensación de que alguien la trataba como a una adulta. No como a una niña, como lo hacían su padre o don Andrés, no como a una compañera de juegos como Catalina o Joaquín. Salvador la hizo sentirse en ese momento como la mujer que deseaba ser, y por un segundo pasó por su mente, fulminante, la idea de besarle.

25

En los días siguientes, Joaquín partió del cortijo con varias recomendaciones bajo el brazo. Respecto a Salvador, ya se disponía a marchar a Puente Viejo sin que se hubiera producido ningún acercamiento más entre ellos, cuando todo cambió.

Una noche, Águeda se despertó al escuchar los gritos de Carmelo y de su padre. Se asomó a la ventana y los vio: un grupo de al menos diez hombres, con sacos de arpillera a modo de capucha para ocultar sus rostros. Dos de ellos iban armados con escopetas de caza, y fue uno de ellos quien empujó a su padre y lo tiró al suelo. La joven, alarmada, se puso su batín y salió de su habitación a toda prisa. Llegaba ya al final de las escaleras cuando el sonido de un disparo la hizo detenerse en seco, asustada.

Uno de los encapuchados había entrado en la casa.

—¿Adónde crees que vas? —dijo, sujetándola del brazo.

Águeda estaba tan nerviosa, le daba tanto miedo que a su padre le hubiera pasado algo, que no reflexionó: mordió la mano que la retenía y siguió hacia la salida. Enfurecido, el asaltante fue tras ella.

Don Alonso estaba en el suelo, amparado por Carmelo; este, armado con una horca, se interponía entre los asaltantes y el patrón. Águeda corrió hacia su padre y se arrodilló a su lado, asustada.

—¿Qué te ha pasado? ¿Qué te han hecho? —Águeda palpaba el cuerpo de su padre buscando alguna herida—. ¿Te ha disparado, padre?

—Calma, mi pequeña, no pasa nada. Ha sido un disparo al aire —la tranquilizó don Alonso.

Cuando le supo fuera de peligro, la joven miró en derredor. Sara y el resto del servicio eran testigos impotentes de cómo los asaltantes robaban varios de los caballos del establo. Algún mozo de cuadra intentaba evitarlo en primera instancia, pero tras recibir varios empujones violentos y ante la amenaza de una muerte segura optaba por retroceder. Otro de los encapuchados salía del corral con un par de gallinas, que agitaban sus alas y cacareaban asustadas.

El estruendo de una ventana que se rompía en mil pedazos sacó a Águeda de su ensimismamiento. Una silla cayó justo a su lado desde el segundo piso de la casa y al mirar de dónde procedía el objeto, le pareció ver el crepitar de unas llamas al otro lado del marco roto.

Un nuevo ruido cambió el foco de atención de Águeda: un sonido inarmónico, que se prolongaba con una cadencia monótona y se iba desvaneciendo poco a poco, para nacer de nuevo.

—La han tomado con el piano —suspiró, triste, don Alonso.

Libros y papeles salían por las ventanas rotas. Thoreau, Descartes, Platón... yacían desencuadernados por el suelo. Con ellos, la mitad del grabado de Correggio: «Noli me tangere». Aquellos hombres no hicieron caso del mensaje.

—Padre, van a destruirlo todo... Nos van a matar.

—Shhh... No va a pasar nada.

Uno de los encapuchados se acercó retador a don Alonso. Si acaso no lo sabía de antes, no le habría costado mucho deducir que aquel hombre de más edad al que todos protegían era el dueño del cortijo.

Llegaba armado con una escopeta y Águeda se temió lo peor. Su respiración se detuvo cuando lo vio acercarse y solo volvió a respirar cuando observó que bajaba el arma. Aquel hombre se acercó a don Alonso y se levantó la máscara hasta la nariz, para asegurarse de que todos recibían su mensaje correctamente. Se trataba de un rostro joven, más de lo que Águeda se hubiera imaginado, con labios carnosos y angulosos, perfectamente definidos, que no fue capaz de asociar con ningún rostro familiar.

—Los tiempos están cambiando, señorito.

—Llevaos lo que queráis, pero no nos hagáis daño. —En aquel momento, aún en el suelo, don Alonso era un hombre débil y desorientado. Águeda temió que lo hubieran golpeado y que estuviera peor de lo que parecía—. ¿Por qué hacéis esto? Yo no os he hecho nada malo —se defendía.

—¿Y qué le hace pensar que nosotros sí lo estamos haciendo? —respondió el encapuchado. Luego lanzó su mensaje—: ¡Esto es lo que vamos a hacer en todos los cortijos! ¡Van a arder tantos que la noche parecerá el día! —gritó al tiempo que alzaba su escopeta.

No quiso perder más el tiempo, exponiéndose de este modo. Volvió a cubrirse el rostro completo con el saco y luego se giró a contemplar su obra, el asalto al cortijo de Aguamansas. Era imposible adivinar si sonreía o no bajo esa áspera tela, pero por su modo de moverse, y de respirar incluso, parecía orgulloso. Águeda apretó los ojos, a punto de llorar. Su casa, su vida, todo reducido a escombros y ceniza.

Y entonces lo escuchó. Varios disparos retumbaron a lo lejos con un origen que no podía precisar. Y casi inmediatamente el sonido de unos caballos, que relinchaban furiosos. Los asaltantes se dirigieron sorprendidos hacia su cabecilla. Nerviosos, empezaron a mirar hacia todos lados.

—¡La Guardia Civil!

Dos nuevos disparos, seguidos y procedentes de dos sitios distintos, parecieron confirmar sus sospechas.

—Vienen por todos lados. Nos están rodeando.

Al cabecilla se le veía contrariado, pero extrañamente calmado.

—Os dije que no abrierais fuego si no hacía falta.

A Águeda le llamó la atención esa calma, esa voz que transmitía una seguridad inaudita en aquella situación de crisis. El resto de los asaltantes se agrupó en torno a él.

—¡Retirada! —gritó. Y acercándose a Carmelo, que se aferraba a la horca mientras trataba de mantener la entereza, pronunció—: No será la última visita que os haga la Mano Negra.

El grupo se marchó llevándose solo uno de los caballos, un potro palomino que don Alonso había adquirido recientemente, y que apenas habían montado, y dejando una frase, entrecortada, en la garganta de los que se quedaban: la Mano Negra.

Ese nombre era apenas un rumor que se escuchaba sin demasiada credibilidad y que incluso Águeda había interpretado como un cuento de viejas para asustarla. Sin embargo, ese cuento acababa de transformarse en realidad.

A todos les costó reaccionar. Había que llenar cubos de agua y llevarlos corriendo a la sala donde cada vez se percibía más el crepitar de las llamas. Sara fue quien tomó la iniciativa: comenzó a dar órdenes como si siempre hubiera estado al mando del cortijo y rápidamente todo el mundo se puso en movimiento.

—¡Coge un cubo y corre al pilón! —ordenó a la joven—. ¡También es tu casa la que está ardiendo! —Ella obedeció sin pararse a valorar el hecho de que una sirviente le estaba dando órdenes a uno de sus amos. En ese momento lo importante era evitar que el fuego se propagase por la casa.

Y entonces apareció él, Salvador, montado en su caballo negro y armado con su escopeta. Ante la fachada del cortijo y de un rápido vistazo se hizo una idea de los daños producidos, con un modo de actuar que parecía curtido en sus numerosos años de servicio en el ejército.

Antes de desmontar se llevó dos dedos a los labios y lanzó un poderoso silbido que resonó en toda la hacienda. Antes de que Águeda se diera cuenta, vio aparecer a Kumoo a lomos de otro caballo, con las cadenas y los grilletes, pero armado también con una escopeta.

La chica apenas tardó un instante en comprender qué había pasado. No había sido la Guardia Civil quien había espantado a los asaltantes. No habrían tenido tiempo de llegar desde su cuartel en el pueblo. Aquella retirada había sido obra del militar y su esclavo negro, y esos disparos, en diferentes frentes del cortijo, revelaban una maquinaria perfectamente ejercitada durante muchos años actuando juntos.

Águeda supo que Kumoo era algo más que un esclavo para Salvador. Probablemente era algo así como su persona de confianza, por eso a pesar de tenerlo esposado le había dejado llevar armas. Castigado o no, aquella sincronización de sus movimientos y aquella complicidad los delataban como algún tipo de compañeros; castigado o no, estaba claro que en aquel momento Salvador lo necesitaba. Por otro lado, la lealtad de Kumoo hacia Salvador también parecía fuera de toda duda. Habría podido enfrentarse a él, pero no lo hizo, y al contrario de lo que en su momento dijo Salvador si no lo hacía, no era por miedo. Aquel hombre no era un cobarde. ¿Se enfrentaría un hombre con miedo a una docena de asaltantes como acababa de hacerlo él?

Amanecía cuando se produjo al fin la llegada de la Guardia Civil. Don Rafael los había alertado y venía con ellos. Para entonces, los caballos ya estaban de vuelta en su establo y apagado el incendio del salón.

Don Alonso, aterido de frío a pesar de estar cubierto con una manta, le puso al corriente del ataque.

—No eran de la zona, de eso no hay duda, parecían bandidos, pero antes de marcharse se revelaron como miembros de la Mano Negra —contó.

—¡Los anarquistas y su «acción directa»! —despotricó Salvador—. Están echando el país a perder. El ejército no actúa con mano dura contra ellos y les está dejando crecerse.

—Deberíamos establecer turnos de vigilancia con hombres armados —propuso don Rafael—. Hay que tomar medidas. Nunca me habría esperado algo así en esta comarca.

—El cabecilla prometió que volvería —dijo don Alonso—. Pero ¿qué les hemos hecho a esta gente? —se preguntaba de forma obsesiva.

El comandante de la Guardia Civil explicó que según las referencias que tenían, los ataques se producían en zonas donde las malas cosechas y el hambre habían arrastrado a muchos braceros al pillaje. Pensaba en la posibilidad de que eso también estuviera sucediendo allí.

—Esto es sin duda por las elecciones —corrigió don Rafael—. Ya vio usted lo subidos que estaban ese Miguel Sáenz y sus seguidores, incluyendo aquel maestrillo suyo. No me extrañaría nada que se tratara de una venganza.

—El cabecilla dijo que los tiempos estaban cambiando —don Alonso cayó de repente en la cuenta—, que es… lo que don Andrés dio a entender en las elecciones—. Pero no es posible —reaccionó—, no veo a don Andrés capaz de semejante atrocidad.

Se llevó las manos a la cabeza y miró a un lado y a otro, buscando a su hija.

—Pero ¿y si vuelven? ¿Qué le harán a Águeda?

—Vengan a mi casa, amigo Alonso —dijo don Rafael.

—Bajo ningún concepto. ¿Quién defenderá entonces Aguamansas?

—Permita que al menos acoja a Águeda, al menos hasta ver cómo evolucionan estos ataques.

—No, padre, yo no me voy. No te dejaré solo —protestó Águeda, que se había acercado al notar que su padre la buscaba.

—No lo estaré, pequeña. Carmelo y Sara cuidarán de mí. —Don Alonso ya había tomado una decisión.

—Águeda, haga caso a su padre: debe ponerse al resguardo de esos salvajes y el cortijo de los Hernández de Valderrama es el lugar ideal —intervino Salvador.

La negativa de la joven fue perdiendo fuerza al caer en la cuenta de que de ser acogida en El Sotillo, estaría bajo el mismo techo que Salvador Castro.

26

Salvador retrasó su vuelta a Puente Viejo. En realidad, era un gesto galante, pese a que lo camuflaba bajo una excusa mercantil: sus intereses estaban ahora en el futuro olivar de Aguamansas, y por lo tanto tenía que defenderlo; no pensaba abandonar el lugar hasta que los responsables del ataque fueran capturados.

La Guardia Civil no hacía grandes avances, aunque la desaparición de don Andrés y de ese Miguel Sáenz era muy sospechosa. La misma madre del joven abogado temía que le hubiera pasado algo y, por supuesto, negaba que hubiera participado en ninguna organización peligrosa como la Mano Negra.

Por su parte, Salvador estaba convencido de que Sáenz andaba detrás de todos aquellos acontecimientos. Sin duda alguna, aquel joven era de ideas anarquistas y se debería haber actuado antes. Ahora sería muy difícil dar con él, aunque prometió poner todo su empeño en hacerlo: recorrería las montañas de alrededor, esa gente no había podido ir muy lejos.

Aun así, había algo ambiguo en la actitud de Salvador cuando hablaba del tema. Parecía fundamental para sus intereses económicos dar con esa gente, pero al decirlo miraba a Águeda y le sonreía, como si lo estuviera haciendo por ella. Del mismo modo, en cuanto recibió una carta del campamento militar donde habían destinado a Joaquín, corrió a informar a la joven de las novedades. Según le relataban sus contactos, el muchacho parecía adaptarse bien y era muy eficiente; le auguraban un futuro militar y casi agradecían a Castro que les hubiera llamado la atención sobre él.

—Si está resultando tan válido como me dicen, quizá sea más adecuado que yo mismo le ponga a mi servicio —apuntó el militar—. Aunque ese chico debería escribir de vez en cuando para explicar que está bien, ¿no crees?

—Me temo que el género epistolar no es su fuerte —objetó Águeda sin ninguna maldad.

Sin darse cuenta, estaba haciendo lo que antes le reprochaba a Catalina: salía a pasear a caballo con él y estaba al tanto de todos los detalles de su vida, así que tampoco le extrañó empezar a notar las miradas de reproche de su amiga, que ya no participaba de esa vida y de hecho prefería mantenerse alejada de ambos. Águeda soportaba esas miradas con estoicismo, aunque sufrió algún revés que otro, pues, si bien es cierto que fueron escasas las veces, no lo es menos que cuando Catalina tenía ocasión para herir a Águeda, la aprovechaba.

—Las malas lenguas no descansan. ¿Quién sabe qué hubiera pasado si hubiese llegado a oídos de Gonzalo Mesía que salía a pasear con Salvador y me quedaba a solas con él? —le dijo una tarde—. Igual me habría tomado por una fresca y ya no querría cuentas conmigo. Ya sabes, Águeda, ese tipo de mujeres quedan mancilladas para toda la vida y jamás encuentran un marido adecuado.

No obstante, aquellas maldades no hacían sino reafirmar a Águeda en su deseo de compartir esos momentos con Salvador. Era su forma de rebelarse contra los principios establecidos, justo cuando las creencias más progresistas de su padre parecían tambalearse. La joven se creía responsable de mantener encendida la llama de la rebeldía y su modo de hacerlo era luchar contra los prejuicios y las murmuraciones. Tenía la absoluta certeza de que no estaba haciendo nada malo.

Y sin embargo, un día, en uno de los paseos a caballo junto a su padre y don Rafael, sucedió algo que sí la hizo recapacitar. Al mirar atrás vio que Kumoo la observaba con gesto preocupado. No solo eso: le pareció que el esclavo le dedicaba la misma señal que un día le hizo a Catalina, cuando consideró que se estaba acercando peligrosamente a su amo. Águeda se quedó perpleja. ¿Por qué lo que le parecía peligroso e inadecuado para su amiga no se lo parecía para ella misma?

27

El relato de doña Águeda quedó interrumpido por una repentina visita, quizá la primera que recibían desde que se habían instalado en El Jaral. La mujer, y más aún Pepa, se quedaron de una pieza cuando Inés entró en la sala para anunciarles la llegada de un tal don Tristán Castro.

Pepa echó a andar a paso firme por los corredores de la finca. Aunque todavía no se orientaba bien en aquel laberinto de pasillos y salones, sus ansias de volver a ver a Tristán le permitieron dar con el camino más corto para llegar a su encuentro. Tras ella, tratando de mantener su ritmo, doña Águeda intentaba disuadirla de la conveniencia de verle.

—¿Y por qué no va a ser adecuado verle? —estalló Pepa.

La mujer suspiró.

—Porque lo que has conocido estos días sobre tu… *origen* te ha afectado mucho, y porque quizá ni tú ni él estéis preparados para asumir que sois hermanos.

La rotundidad del argumento de Águeda hizo que Pepa se detuviera en medio de aquel pasillo.

—Hermanastros. Y no tengo por qué decírselo —argumentó—. Al menos no ahora mismo.

Doña Águeda la alcanzó por fin, y poniéndose delante de ella, le pidió que reaccionara.

—¿Es que no lo entiendes? Vosotros no podéis estar juntos. Esa relación es imposible. Además, tú misma me contaste que tu amor por él se había esfumado.

—¡No, eso nunca! Hemos tenido nuestros más y nuestros menos —argumentó Pepa—. Pero nunca me habrá oído decir que no le quiera, que no le ame en cada instante, como si la vida se me fuera en ello.

—Pues ese amor tan arrebatado se tiene que acabar, hija.

Pepa no quería oír a doña Águeda, pasó a su lado y siguió su camino hasta las escaleras principales. Y una vez allí lo vio por fin.

Doña Águeda, que llegaba detrás, solo pudo ser testigo del magnético acercamiento: Tristán se giró al oír los pasos y su rostro se iluminó al ver a Pepa, luego fue a su encuentro con la espontánea intención de abrazarla y besarla, y por un instante también ella buscó sus labios de un modo instintivo, pero reaccionó un segundo antes de que sus bocas se rozaran, esquivando el beso y forzando un fuerte abrazo. Al estar cerca de él, la cruda realidad le había impactado con toda la fuerza del martillo contra el yunque.

Tristán se extrañó del gesto, pero lo atribuyó a la última de sus discusiones. Pepa, sin dejar de estrechar contra el suyo el cuerpo de aquel hombre cuyo amor se le negaba, levantó la vista al techo, sufriente y suplicante. Por toda respuesta, en lo alto de las escaleras encontró la mirada preocupada de su madre.

Haciendo acopio de fuerzas, se separó de Tristán.

—Los Ulloa me dijeron que estabas aquí, pero no sé si lo estás por propia voluntad. —Pepa desvió el rostro, tratando de evitar sus besos, y Tristán, que no podía conocer lo que en realidad los distanciaba, sacó sus propias conclusiones—: Hicimos todo lo posible por sacarte de aquel chozo, pero enloquecías cada vez que intentaban moverte. No me dejabas ni tocarte, Pepa…

—Sin embargo, nosotros sí pudimos convencerla de que viniera —le reprochó doña Águeda mientras bajaba la escalera.

El joven no pudo evitar sentirse amenazado por aquella dama, y no era para menos. Desde su llegada a Puente Viejo, los Mesía porfiaban por amargar la existencia de los Montenegro. Se preguntaba si mantener a Pepa allí no formaba parte de un mismo propósito.

—No entiendo cómo lo lograron, pero en cualquier caso les estoy agradecido... Siempre que sus intenciones con Pepa sean buenas, claro. —Había intentado ser comedido, pero ahora las palabras se acumulaban sin mesura en su cabeza—. Aunque ¿cómo estar seguro de eso? Desde que tuvieron a bien poner un pie en este pueblo no han cejado en su empeño de hacernos la vida imposible a mí y a mi familia. Han ahogado nuestras tierras, boicoteado nuestras empresas, robado a los empleados...

—Los negocios son los negocios, señor Castro —aclaró doña Águeda—, y nada tienen que ver con que Pepa se encuentre entre nosotros.

A Tristán todo esto le parecía muy extraño. No podía evitar pensar que Pepa estaba allí forzada de algún modo. Ella misma se encargó de negárselo.

—No hay ninguna razón extraña ni oculta en que yo esté alojada en esta finca. Aunque sí he de contarte algo importante.

Doña Águeda se tensó. ¿Sería capaz de desvelárselo todo? Tristán, en cambio, aguardaba impaciente.

—Tristán —dijo al fin la joven—, esta mujer es mi madre.

Él se quedó perplejo. Le costaba horrores encajar aquella revelación.

—Pero yo... Pensaba que tu madre era una partera, una mujer de clase humilde, tal y como me habías contado.

—También yo lo creía, pero no es así.

Tristán negaba con la cabeza.

—No... Lo siento, Pepa, pero no puedo creerte. Esa mujer trata de acabar con nosotros, no es de fiar. Déjame hablar contigo a solas. Quiero estar seguro de que no dices eso coaccionada.

—No hay presión ni amenaza. Puedes creerme: ella dice la verdad. Me conoces bien, sabes que no es fácil hacerme decir algo que no pienso.

—Pero ¿cómo puedes estar tan segura? ¿Te ha aportado alguna prueba?

—No, Tristán, pero esas cosas se saben. —A él se le llevaban los demonios. No entendía por qué confiaba ciegamente en esa mujer—. Además —continuó Pepa—, ¿qué sentido tendría hacerme creer que soy su hija? ¿Qué gana ella con eso?

Él no tenía respuesta para esa pregunta.

En realidad, Pepa se mostraba más firme de lo que en verdad se sentía: valoraba las palabras de Tristán y se planteaba la posibilidad de que tuviera razón. Siempre se había fiado de su instinto a la hora de reconocer a las personas que podían hacerle daño, si bien es cierto que falló con Carlos Castro, y precisamente desde entonces decidió cerrar su corazón y volverse desconfiada. Le encantaría poder contarle todas sus reflexiones a Tristán, pero entonces también habría tenido que hablarle del desgraciado parentesco que los unía a ambos. Y mientras pensaba esto miraba a sus labios y recordaba sus besos. Esos besos no podían haber sido entre hermanos. A ella misma le costaba creerlo. Tanto que se sintió obligada a apartar la mirada, una vez más.

—No entiendo qué te pasa —protestaba él—. ¿Te refugias aquí porque no quieres volver a verme? Pepa, si en el pasado no he sabido apoyarte en tu dolor por la muerte de Martín, te ruego que me perdones. Para mí tampoco ha sido fácil, te lo aseguro. Ver cómo te hundías de esa manera…

—¡Basta! —A Pepa no le gustaba nada que hablara de esa parte de su vida—. Márchate ahora, por favor. Me gustaría explicarte lo que siento, pero no es posible. Solo puedo decirte… que tú y yo no podemos estar juntos. Lo siento…

Tristán tardó un instante en asimilar las palabras y asumir su derrota. Asintió con la cabeza, decepcionado, y antes de marcharse lanzó una última mirada retadora a doña Águeda, quien, desde las escaleras, no había perdido detalle de la ruptura.

Pepa no hizo nada por detenerle. Sufrió en silencio por no poder contarle más, pero le dejó partir. Solo cuando tuvo la seguridad de que Tristán estaba lo bastante lejos como para oírla, se derrumbó y comenzó a sollozar.

—Mi niña…

La mujer bajó las escaleras y corrió a socorrerla, pero Pepa rechazó su abrazo, dolida también con ella por ser la mensajera de tan atroces noticias, y se marchó de su lado, con los ojos cuajados de lágrimas.

28

Con el tiempo, Pepa se dio cuenta de que no podía culpar a doña Águeda de sus males. Fue ella misma, por propia voluntad, quien decidió volver a hablar con ella para darle la razón con respecto a lo que opinaba sobre su relación con Tristán.

—Siento haberme obcecado de esa manera, es solo que a mi corazón le cuesta mucho olvidar tantos momentos maravillosos vividos en su compañía.

La mujer se solidarizó con ella. Lamentaba profundamente su dolor, e incluso se culpaba, en parte, de él.

—Si hubiera dado contigo cinco, diez años antes…

Pero si eso hubiera pasado, Pepa no habría conocido a Tristán. Ni a Martín. No, le costaba mucho creer que lo suyo había sido un error. Un lamentable error del destino.

Pepa recordó aquella teoría de Águeda según la cual el destino tiene sus razones para las casualidades. Esa teoría no funcionaba en ese caso: Tristán no debería haber sido su hermano, el destino se había equivocado con ellos.

Doña Águeda la corrigió. El hecho de que pensara que el destino tiene sus razones para que las cosas se produzcan de un modo concreto y no de otro… no significa que el destino no genere víctimas.

—Don Andrés, por ejemplo, fue una de ellas.

A los pocos días del ataque, la Guardia Civil detuvo al maestro. En apariencia huía de la zona, aunque ciertamente no había ningún indicio que lo relacionara con el ataque al cortijo de Aguamansas.

En cualquier caso, la Guardia Civil se hizo cargo de su vigilancia y custodia desde aquel momento. No dejaron que ni Águeda ni su padre se acercaran al cuartelillo para hablar con él y colaborar en la investigación. Don Alonso seguía convencido de que don Andrés no podía estar involucrado y la muchacha, por su parte, no sabía qué pensar. Lo que ella quería, fundamentalmente, era averiguar por qué estaban pasando las cosas. Saber que su maestro había participado o colaborado en el ataque le habría partido el corazón, pero muchas de las creencias en las que había basado su vida estaban ahora tambaleándose.

En lo que tanto padre como hija estaban de acuerdo era en que las autoridades no hicieron adecuadamente las cosas. Los rumores que Sara transmitía, compungida por ver vilipendiado así al que tenía por un buen hombre, hablaban de que la Guardia Civil había propinado a don Andrés una tremenda paliza, en el transcurso de la cual seguramente le habrían sacado una confesión inculpatoria. Su prima había sido la encargada de darle de comer después de esa tunda y explicaba que al pobre lo había dejado hecho un Cristo.

La propia Guardia Civil se personó en el cortijo para informar de sus progresos. Tal y como sospechaban, don Andrés había confesado su participación, junto con la de otros anarquistas descontentos con el resultado de las elecciones.

—El cabecilla de su ataque fue ese tal Miguel Sáenz, a quien se le suponen contactos con la organización de la Mano Negra —confirmó el guardia—, y el suyo no fue más que otro de sus ejemplos de lo que debe ser la «acción directa» contra los hombres de bien.

Ignoraban el paradero de ese hombre y el resto de los participantes, que seguramente habían huido o permanecían escondidos en algún sitio, esperando para volver a dar un golpe.

Esa amenaza supuso un gran revés para don Alonso. La perspectiva de un nuevo ataque pendía como una espada de Damocles sobre su cabeza, le quitaba el sueño. Insistía en que Águeda permaneciera con los Hernández de Valderrama, y se sentía más seguro sabiendo que alguien curtido como Salvador estaba con ellos, pero la joven se preguntaba —como ya hacían Sara o Carmelo— si lo que don Andrés había confesado no era fruto de la tortura a la que le habían sometido.

Para lo que sí sirvió el ataque de la Mano Negra fue para que la Guardia Civil consiguiera una excusa estupenda para llevar a cabo registros sistemáticos en las casas de posibles simpatizantes del anarquismo.

Un día, Águeda vio como su padre escondía en un baúl de ropa aquellos libros que ocultaba en la parte trasera de la estantería y que habían sobrevivido al incendio la noche del ataque. Mientras lo hacía, parecía murmurar que era una suerte que la Guardia Civil no los hubiera encontrado entonces.

Don Rafael, por su parte, aumentó la protección de El Sotillo. Era normal ver hombres armados en las lindes y, en general, en toda Acatucia se miraba con desconfianza a los forasteros.

A pesar de que su padre continuaba asustado, tras dos semanas la estancia de Águeda en la casa de los Hernández de Valderrama por fin terminó. Durante ese tiempo Salvador había sido su principal compañía, siempre amparado por la silenciosa presencia de Kumoo, al que tras el ataque había levantado el castigo de las cadenas. El herrero de Acatucia se las había quitado con la misma perplejidad con que se las puso, y a partir de entonces, en lugar de reutilizarlas, las exponía en la pared de su negocio, asegurando con cierto orgullo que habían servido para apresar a un esclavo.

Ahora, la intención de todos era que las cosas volvieran a la normalidad. El proceso de plantación de olivos jóvenes casi había concluido —a costa de dejar, claro está, sin cereales los campos—, y ya estaban iniciadas las obras de la construcción de la que ya había sido bautizada como la almazara de Aguamansas.

Salvador llevaba demasiado tiempo retrasando su regreso a Puente Viejo, y aunque consideraba que su presencia allí era necesaria por una cuestión de seguridad, también era cierto que no podría quedarse por más tiempo. Así se lo contó a don Rafael y a don Alonso. Explicó que la gestión de su hacienda le reclamaba, y que, por el bien de todos, tenía que retomar sus contactos con el ministerio para suavizar, en la medida de lo posible, los aranceles.

Le propuso a don Alonso enviar algunos de sus hombres de confianza, gente curtida en el ejército, como él, para proteger su cortijo; igual que don Rafael tenía su pequeña milicia, él debía contar con la suya. Sería la mejor protección contra un ataque. El hijo del de los cortijos aplaudió esa decisión, convencido de que si habían atacado a su amigo, era porque sabían que en su casa no estaban armados.

—¡Hombres armados en Aguamansas! ¡Jamás! —protestó Águeda—. ¡No estamos en guerra!

—Hija, por favor.

—Si mando hombres allí, no es únicamente por la necesidad de protegerle a usted y a su hija —medió Salvador—, sino también para proteger la que será mi próxima fuente de ingresos.

—¡No! —repitió ella, tajante.

—¡Basta de niñerías, Águeda! —la regañó su padre.

—En realidad —explicó el militar—, esto es lo más parecido al principio de una guerra, y en este punto la vigilancia es más que necesaria. El ataque de la Mano Negra ha sido un ejemplo de algo que se va a reproducir en mayor escala. Los braceros pedirán mejoras, se pondrán en huelga, como ya hacen en las fábricas, y alguien va a tener que pararles los pies.

—¿Cómo? ¿Con palizas?, ¿con extorsiones?, ¿con la tortura? —contestó retadora.

—Usaré los medios que crea convenientes y el resultado beneficiará a todos. No sé de ninguna fortuna que se haya hecho con palabras amables. Hace falta mano dura.

Cuando Salvador y don Rafael se marcharon, don Alonso se sentó ante lo que quedaba del piano a medio destrozar. Acariciando sus teclas murmuraba, casi inalterable: «Tempora mutantur, et nos mutamur in illis». Había claudicado, y Águeda empezaba a no reconocerle.

29

Sin duda don Alonso era un hombre atrapado entre dos mundos. Por un lado, parte de sus antiguas ideas habían sido cercanas a los conceptos del corporativismo y la igualdad social. Ahora culpaba a esas ideas del mal y la zozobra que le atenazaban. Por otro, parecía temer que alguien descubriese su simpatía hacia la izquierda y cuestionara su pertenencia al otro bando, al de los legítimos propietarios de la tierra.

Por si pudiera caber alguna duda sobre el hecho de que para don Alonso el futuro había dejado de ser lo que antaño era, una noche quemó el baúl con todos aquellos libros recogidos en el *Index Librorum Prohibitorum*, los mismos de los que tan orgulloso se había sentido en el pasado. Definitivamente, los tiempos estaban cambiando para él. Después de aquello fue a la habitación de Águeda y la despertó. Estaba pálido y preocupado. No conciliaba el sueño desde el ataque y su hija era consciente de su estado desde que había vuelto de su estancia en El Sotillo. Aun así, aquella noche era más acusado que otras: tenía la mirada desencajada, los ojos cegados por el pánico.

—Águeda, hija mía. —Se sentó en la cama—. Tengo miedo por ti. Salvador Castro parte mañana hacia Puente Viejo y hasta que no regrese, Aguamansas quedará desprotegida. Los hombres de don Rafael solo protegen El Sotillo y la Guardia Civil está lejos.

—¿Qué quieres decirme, padre?

—Este no es un lugar seguro para ti —prosiguió con su retahíla, sin mirarla—. El hecho de que hayan detenido a don Andrés nos expone aún más. Temo represalias inminentes.

—¿Y? —La joven seguía sin entender qué le estaba proponiendo.

—Salvador… Ve con él —dijo por fin—. Es el único que puede protegerte. Yo no puedo, hija mía.

La petición de don Alonso dejó a Águeda de una pieza. ¿Su padre se estaba dejando arrastrar por el pánico? Ella sabía perfectamente que no había tal miedo a nuevos ataques, o al menos lo intuía. Con un hombre entre rejas y el resto huidos, no parecía probable. Sin embargo, estaba confusa: ese viaje le daría la ocasión de salir del entorno donde había pasado toda su vida. Era una oportunidad única. Y también lo era de estar con Salvador. Aunque el destino estuviera lejos de ser perfecto, porque al llegar a Puente Viejo sería la invitada de Salvador y por lo tanto de su joven esposa, doña Francisca Montenegro.

Por un lado, estaba celosa de aquella mujer y no quería saber nada de ella. Pero por otro le podía la curiosidad. Se sentía extrañamente intrigada por saber quién era esa mujer que le había robado el corazón al militar. Y había algo más. Era cierto que había fantaseado con un encuentro apasionado con Salvador, no podía evitarlo, pero no pensaba que tal cosa fuera a ocurrir en la realidad; conocer a doña Francisca le daría un motivo más para que eso no ocurriera, quizá el más rotundo. Estaba convencida de que una vez llegara a su hacienda y viese a Salvador rodeado de su familia, su estúpida obsesión por él cesaría.

Lo que ignoraba era que Salvador nunca la llevaría a Puente Viejo.

CUARTA PARTE

30

Despuntaba el alba. Olmo llevaba varios días sin conciliar el sueño correctamente y lo achacaba a la agitación de haber dado por fin con Pepa y haberla llevado junto a su madre, y al hecho sorprendente de que esa muchacha no hubiera salido corriendo tras conocer la verdad sobre su origen. La sensación de que todo estaba saliendo demasiado bien le preocupaba. ¿Y ahora qué? ¿Qué pasaría con Águeda a partir de ese momento? ¿Qué hace una persona cuando por fin consigue aquello por lo que ha estado luchando toda su vida?

Bajó a la cocina. Un vaso de leche caliente podía ser un remedio contra su insomnio. Y la encontró allí. Pepa estaba terminando de desayunar.

—¿Qué haces levantada tan pronto?

—Siempre me levanto con el alba. Es una costumbre. Además, así el servicio no tiene que hacerme el desayuno.

—¿Tanto problema es que te atienda el servicio?

—Siempre me las he apañado sola —afirmó—. No me parece correcto que otras personas hagan por uno lo que uno puede hacer por sí mismo.

—¿Cuánto llevas sin salir de El Jaral, Pepa? —quiso saber Olmo.

—Varios días.

—¿Y no deberías dar un paseo, respirar un poco de aire? —preguntó, casi invitando.

—No tengo muchas ganas aún, la verdad. —No es que no fuera seductor un paseo al aire libre o recibir el sol invernal del campo en la cara. Lo que en realidad le aterraba era tener que enfrentarse a la culpa y las miradas acusadoras de Puente Viejo por lo que ocurrió durante el parto fallido de Gloria. Y aun después.

Como vio que Pepa seguía reticente, Olmo optó por cambiar de tema.

—Ayer por la tarde bajamos al pueblo. Mi madrastra y yo. Vimos a Tristán Castro. ¿Te ha contado algo?

—No, nada. Ayer apenas hablamos —afirmó Pepa—. ¿Hay algo que tenga que saber sobre ese encuentro?

Temía oír nada y al tiempo lo deseaba. No podía evitarlo.

—No fue un encuentro agradable —le advirtió él—. Tristán le echó en cara que te tenga encerrada. Adujo que la razón era algún tipo de chantaje hacia ti. Doña Águeda lo negó, pero él la trató con un desdén imperdonable en un caballero. Al menos, según yo entiendo que debe ser un caballero.

—¿Qué pasó?

—Realmente es una pena que los que tienen que dar ejemplo se comporten como patanes, y Tristán lo hizo al ofender a una dama en la plaza de Puente Viejo.

—¿Y si dejas de hablar mal de él y me cuentas de una vez qué pasó? —se impacientó ella.

—Cuando doña Águeda y yo volvíamos de pasear por las calles, nos topamos con el Montenegro, que dado su comportamiento probablemente salía de la tasca de los Ulloa —comenzó a relatar Olmo—. Se plantó frente a nosotros y le exigió a mi madrastra que dejara de envenenarte. —Pepa frunció su ceño ante semejante relato—. Ella aclaró que te encontrabas en esta casa por tu propia voluntad, que eras su hija, como él ya sabía, y que pensaba reconocerte como tal.

—¿Y qué más?

—Prefiero ahorrarte los insultos que salieron de la boca del Montenegro. —Olmo hizo un paréntesis—. Es cierto que no le exigí una satisfacción inmediata porque el pobre parecía estar bajo los efectos del alcohol y hubiera sido un duelo desigual.

—Tristán es un soldado curtido en muchas batallas —comenzó Pepa su defensa—, y aunque se hubiera bebido un barril, seguramente sería capaz de vencerte en cualquier tipo de duelo, excepto quizá en uno de composición poética, claro. —El objetivo esta vez era el comportamiento estirado del joven Mesía—. Dime una cosa —dijo Pepa tras guardar silencio unos segundos—. ¿Cómo hizo doña Águeda para localizarme?

—Ella nunca aceptó la muerte de su hija e hizo que mi padre, Gonzalo Mesía, dedicara esfuerzos y recursos a tu búsqueda. Cuando él murió, yo proseguí su misión.

Lo que a Olmo le hubiera gustado añadir es que lo hizo a costa de sacrificar su propia vida, pero en su línea de contención no lo hizo. En vez de eso y animado por el silencio atento de Pepa, prosiguió con toda la historia.

—Se encontraron testimonios que decían que Josefa Balmes, *la Candelaria*, estuvo durante un tiempo acompañada de una niña, mientras ejercía de partera, y casualmente ya no se acercaba a Acatucia para atender ningún parto. Yo fui el encargado de seguirle la pista hasta el momento de su muerte. Más tarde descubrieron que otra partera, Teófila, viajaba acompañada de una niña llamada Pepa. Y supieron que Alba seguía viva.

—¿Quién es Alba? —preguntó Pepa.

—Antes de dejarte con la Candelaria, Águeda había dado nombre a su hija…, Alba.

—¿Yo tenía otro nombre?

Olmo asintió y prosiguió.

—Águeda comenzó a hablar de ti al poco de casarse con mi padre… y no ha parado hasta hoy. Siempre fue su deseo, su quimera. No paraba de preguntarse qué sería de ti y dónde estarías. Y yo pensé que dar contigo sería la mejor manera de agradarla.

La juventud de Olmo fue un constante viaje por los caminos, preguntando en todos los rincones por una partera llamada Josefa Balmes, *la Candelaria*, y luego por otra llamada Teófila. Se enteró de lo que había pasado en la casa de Carlos Castro en Asturias, de cómo Pepa fue expulsada, y habló a la joven de las amargas lágrimas de doña Águeda, tanto por haber perdido la pista de su hija, como por el sufrimiento que aquella gente le había causado.

—Tanto la vida de mi madrastra como la mía propia estuvieron, en suma, dedicadas a buscarte.

—Pero yo no pedí que lo hicieseis —dijo ella, desbordada por la revelación—. Feliz o no, he conseguido tener mi propia vida. Aunque ahora resulte una mentira.

—Buscarte ha sido lo que ha dado razón a la vida de doña Águeda, Pepa.

—Pues debe de haberse sentido muy decepcionada por lo que ha encontrado.

—Te equivocas. Desde que te ha encontrado está más luminosa que nunca.

31

Don Alonso no parecía darse cuenta de la atracción de su hija por Salvador. No sabía que, en realidad, aquel a quien tomaba por guardián era con toda probabilidad el mal del que habría tenido que proteger a su hija. Sin embargo, desde el ataque estaba obsesionado por la seguridad de Águeda y muy centrado en el proyecto del olivar y la almazara. Era optimista con respecto a los cálculos que el militar había hecho respecto a la producción y exportación de aceite y confiaba en devolver el esplendor al cortijo de Aguamansas. Se lo tomaba como una manera de compensar a Águeda por todo lo que había perdido tras la muerte de su esposa, y se activaba pensando que con ese empuje económico por fin recuperaría el marquesado.

La partida se retrasó más de lo previsto. Mucho más. Para empezar, Águeda tenía algo que hacer: no podía marcharse de allí sin ver a alguien que había sido muy importante para ella. Tenía que averiguar si era verdad la participación de su maestro en el ataque de la Mano Negra.

Si bien es cierto que la Guardia Civil lo mantenía aislado, no fue difícil para la joven convencer a uno de los cabos de vara encargados de vigilarlo. Sabía que los escasos sueldos que cobraban hacía de estos soldados presa fácil de pequeños sobornos, por lo que se dispuso a tener preparados unos pequeños pendientes, recuerdo de su madre.

Llegó a la prisión escondida bajo una capa que había cogido prestada de la cocina, probablemente de Sara. Cuando se presentó ante el cabo, este la reconoció.

—¿No se acuerda de mí, señorita? —le dijo, sorprendido de su presencia allí—. Soy Josete.

De muchacho, ese cabo de vara había sido bracero de su padre y se marchó del cortijo buscando mejor fortuna que trabajar todos los días de sol a sol. A pesar de eso guardaba un buen recuerdo de la familia, y sobre todo, consideraba injusto que estuvieran tratando así a don Andrés. Él mismo, le explicó, aprendió a leer gracias al maestro.

—Puede pasar a verle, pero quiero advertirle, señorita Águeda: no creo que le guste lo que va a ver.

En efecto, don Andrés se encontraba en el centro de una fría celda esposado y torturado. Impactada por la imagen de su preceptor, vencido y roto, la chica rompió a llorar en silencio. El maestro tardó un momento en darse cuenta de que había una nueva presencia en su celda.

—¡Águeda! —pronunció casi sin voz cuando consiguió enfocar la mirada y distinguió la figura que se alzaba ante él—. ¿Cómo es que te han dejado pasar? Será mejor que te vayas.

—Don Andrés, esto no es culpa de mi padre —replicó ella al instante: pensó que si no quería verla, era a causa del rencor. Pero no era eso lo que el hombre tenía en mente.

—No debes verme así. —Se avergonzaba de su estado, de sus magulladuras, de las heridas abiertas y la suciedad de su piel y sus ropas—. No puedo soportarlo.

Águeda acercó una luz y al ver su rostro, casi desfigurado por los golpes y las heridas, se llevó la mano a la boca, espantada.

—Dios mío. Parece muy malherido.

—«Noli me tangere» —dijo sonriendo lo poco que le permitía el entumecimiento de su rostro. Luego, comenzaron a brotar las lágrimas—. Perdóname, Águeda. Les dije enseguida todo lo que querían oír. Confesé como un cobarde.

—Sé que eso no es así. —El rostro de don Andrés revelaba una prolongada tortura—. Debieron hacerle daño de verdad antes de que dijese nada. Pero ¿cómo puede sentirse responsable?

—Me equivoqué. Confesé y con mi confesión cerré el caso —dijo—. Ni yo ni Miguel Sáenz estuvimos detrás del ataque. No sé qué habrá sido de ese joven abogado. Probablemente esté muerto y enterrado.

—No le entiendo, don Andrés.

—Los auténticos responsables del ataque siguen libres e inmunes, nadie les busca —advirtió compungido—, y por tanto tu padre y tú seguís en peligro. Para mí ya no hay salvación. Tarde o temprano me ajusticiarán, pero me preocupa lo que pueda sucederos a vosotros. Sucederte a ti. Me preocupa Salvador Castro, Águeda.

—¿Salvador? ¿Qué le pueden hacer?

—¿A él? Más bien temo lo que él pueda haceros a vosotros.

Águeda comenzaba a estar realmente perdida.

—¿Qué puede hacer? ¿Qué debo temer? ¡Hable, por Dios!

—Es un hombre sin principios, Águeda, incapaz de sentir culpa por sus actos. Hará cualquier cosa por conseguir sus objetivos. Ya lo ha hecho en el pasado.

La joven siempre había sabido que su maestro conocía a Salvador. Y ahora quería saber por qué lo había ocultado todo ese tiempo.

Los primeros meses de la guerra de Cuba, aquella de la que Salvador decía haber salido como un héroe, fueron muy confusos. Las autoridades españolas estaban convencidas de que duraría poco y mandaron al frente a jóvenes sin preparación porque imaginaban que la sola presencia de las tropas españolas bastaría para que los mambises depusieran las armas y la revuelta quedara sofocada. Allí fue donde don Andrés conoció a Salvador, un soldado como él, un muerto de hambre que había aceptado su destino como forma de labrarse una fortuna.

La sorpresa de las autoridades españolas fue descubrir que no se trataba solo de un grupo de exaltados. Cuba entera clamaba por su libertad. Lo había hecho durante diez años y volvería a hacerlo. Ese pueblo no iba a rendirse. Aquella guerra se les estaba haciendo más cuesta arriba de lo esperado a las tropas españolas, así que se decidió cambiar de estrategia. Había que demostrar a los rebeldes que el ejército español los aplastaría. Había que ser crueles, demostrarles que no tendrían piedad.

Salvador, don Andrés y otros soldados habían salido de la población de Manzanillo y estuvieron varios días caminando por la selva, agotados, hasta llegar a un pueblo llamado Cabagán. Había constancia de que algunos habitantes del pueblo colaboraban con los mambises, pero era imposible saber quién. Entonces Salvador tomó la iniciativa. Entró en una casa y acusó a sus ocupantes de ser traidores a la nación española. Los padres estaban trabajando en el campo, de manera que solo había dos ancianos y dos niños, y a Salvador no se le ocurrió nada más cruel que atarlos de pies y manos como cerdos y llevarlos a una bodega cercana, para darles muerte.

Quería dejar en ese pueblo una muestra que perdurara más que unos cadáveres putrefactos colgados de una soga. Mandó desangrarlos, y guardó su sangre en unas garrafas. Esa sangre sería la muestra de lo que las tropas españolas harían en Cuba si los mambises no se rendían.

—Y yo no hice nada para evitarlo. Ninguno hicimos nada. —Don Andrés rompió a llorar—. Yo, como el resto de los soldados, sujeté los cuerpos de aquellas pobres gentes mientras Salvador les rebanaba el cuello. Ese hombre es un canalla. Un diablo sobre la tierra.

Águeda se había quedado sin habla ante el horror de aquel relato.

—Los soldados que participaron de esa masacre se arrepintieron de lo ocurrido. Muchos se ahorcaron en la selva, otros se cortaron las venas tratando de expiar su pecado, y los que tuvieron suerte, como yo, solo fueron víctimas de pesadillas y alucinaciones, a causa de las cuales nos devolvieron a la Península. Solo Salvador parecía entero tras aquello, y se quedó en la isla, donde fue rápidamente promocionado.

—¿Fue entonces cuando se convirtió en cazador de cimarrones? —preguntó Águeda.

—Entonces fue cuando se convirtió en un torturador. Su falta de escrúpulos le convirtió en la persona ideal para ese tipo de cometidos. Muchos de los planes de los mambises se desbarataron por su culpa. Si de algo sirvió ese trato a los rebeldes, fue para azuzarlos a continuar la lucha. Cuanto más crueles se era con ellos, más ciudadanos se levantaban contra los españoles. La guerra se convirtió en un conflicto interminable y solo el pacto con los rebeldes ha permitido concluirla, de momento.

Respecto a Salvador, fueron unas fiebres las que le retiraron de circulación. Tal y como le había contado a Águeda, volvió a España al borde de la muerte, pero con un puñado de contactos importantes dentro del ejército que le facilitarían la vida en la madre patria.

—¿Por qué no nos lo contó usted antes?, ¿por qué no habló con mi padre?

—Pensé que Castro habría cambiado y vi a don Alonso tan ilusionado que… Pensé que bastaría con mantenerme al margen. Me equivoqué. Ahora ya es tarde.

—Tengo que hablar con él y contárselo todo —dijo Águeda.

—Sospecho además que, de algún modo, el ataque de la Mano Negra lo provocó él mismo, Castro, para inculparme. No quiere que revele quién es en realidad.

Águeda se derrumbó. Aquel ataque tendría aún más consecuencias.

—Don Andrés, mi padre quiere que vaya con Salvador a Puente Viejo —dijo angustiada.

—¡No! ¡No puedes quedarte a solas con ese monstruo!

Sabía que don Andrés le estaba diciendo la verdad. Debía alejarse de ese hombre. Se había dejado embaucar por un sanguinario asesino del que ahora más le valía huir, si en algo apreciaba su vida.

32

Habría sido fácil acabar con la posibilidad de aquel viaje con Salvador si las cosas no hubieran estado como estaban. Si Águeda hubiera podido contarle a su padre abiertamente la cruel historia que le había relatado don Andrés. Si don Andrés hubiera seguido siendo su maestro, todo habría sido rápido. Pero ninguno de esos condicionantes se daba ya. La joven pensaba que si le contaba la historia a su padre, él pensaría que el maestro se había inventado todo aquello para exculparse. Por otra parte, don Alonso estaba demasiado ilusionado con el proyecto de colaboración con Salvador.

Además, una vez amortiguado el primer impacto de la historia, Águeda comenzaba a plantearse, sin dudar de la veracidad de la versión de su maestro, si de verdad Salvador seguiría siendo aquel ser monstruoso que desangraba y degollaba allá en Cuba. Los tiempos cambiaban y las personas también podían hacerlo. Parecía poco probable que fuera a atacar a la hija de su nuevo socio. Ella no era una de esas mambises, después de todo.

Para reafirmar su decisión, Águeda se dijo que no podría evitar ir con Salvador sin quedar como una niña caprichosa. Se convenció de que a pesar del relato de don Andrés, ese viaje no implicaría riesgo alguno para ella, y la cercanía de Kumoo le tranquilizaba. Él había sido el protector de Catalina, también sería el suyo.

Además, viajando junto a Salvador quizá conseguiría averiguar si había tenido que ver con el supuesto ataque de la Mano Negra, y de ser el caso, podría hablar con las autoridades con su propio testimonio.

Cuando el ser humano encuentra demasiados motivos para no hacer algo, la realidad es que solamente hay uno válido. Muchas razones no son sino pretextos y el único motivo real de Águeda, aunque le costara reconocerlo, era que le seguía atrayendo la posibilidad de un viaje con Salvador. ¿Cómo podía estar segura de que ese ser sanguinario del pasado no había cambiado? ¿Cómo podía asegurar que la culpa de don Andrés no le había llevado a acusar a Salvador de algo en lo que no había sido instigador, sino solo, al igual que él mismo, forzado colaborador?

33

El día de la partida, Salvador se acercó a don Alonso.

—Le aseguro que Águeda está en buenas manos —le dijo sumiso—. La protegeré y se la devolveré sana y salva.

Don Alonso le estrechó la mano y le hizo ver que en ellas tenía su destino. Le había confiado su pasado: las tierras que su mujer heredó; su futuro: sus sueños de crear un olivar único en el país; ahora le confiaba lo más importante, su presente: su propia hija.

—Te llevas mi bien más preciado. Ya no está segura aquí, confío en que contigo sí lo esté —le dijo.

—Este será el primero de muchos viajes, créame. Además de con mis hombres, volveré con mi mujer y mis hijos —aseguró bromista—. Los traeré a conocer los campos que convertiremos en prósperos.

Águeda subió en la misma carroza que trajo los presentes de las Américas, y acompañada de Kumoo, que conducía, y de Salvador, que cabalgaba a su lado, inició un viaje que la llenaba de excitación. Algo le decía que no sería la misma tras visitar Puente Viejo.

Desde la ventana, su padre la despidió con los ojos acuosos. Aquella estampa frágil, débil, dejó en un puño el corazón de la joven: partía muy preocupada por el estado en el que dejaba a su padre.

El camino que la comitiva tomó les obligaba a pasar delante del cortijo de los Hernández de Valderrama. Allí también habían cambiado mucho las cosas. Unos hombres armados los vigilaron desde el camino que daba acceso a la finca. Desde allí se veía la fachada de El Sotillo, donde don Rafael los saludó con la mano. Salvador le devolvió el saludo. Entre ellos se había creado una complicidad cuyos detalles a Águeda se le escapaban.

Y entonces lo escuchó. Era el piano. Catalina tocaba una pieza que Águeda reconoció enseguida, en cuanto su amiga se puso a cantar. Se trataba de un aria de la zarzuela *Los diamantes de la corona*, que muchas veces ambas habían cantado a dúo, tal y como estaba en la partitura de Barbieri. Sin embargo, hasta ahora no se había dado cuenta del mensaje de advertencia que contenía:

Niñas que a vender flores vais a Granada,
no paséis por la sierra de la Alpujarra.
Hay un bandido que con todas las niñas tiene partido…

No pudo evitar leer entre líneas y tampoco se le escapó el hecho de que su amiga hubiese preferido cantarle un adiós que salir a despedirla a las escaleras de su finca. Le estaba dando a entender que ella también sabía que Salvador representaba un peligro, que sabía cuáles eran los deseos ocultos que albergaba Águeda al iniciar ese viaje, por muchas excusas que hubiese encontrado para hacerlo.

Desde el interior de la carroza, la chica se preguntó si Salvador también se sentiría atraído por ella. ¿Se la llevaba por el sincero deseo de protegerla, o quizá por otro más prosaico, de quedar bien delante de don Alonso, que fue quien insistió en que se la llevara?

Mientras Águeda estaba sumida en estos pensamientos, el militar se acercó a la ventanilla de la carroza montado en su caballo negro.

—¿Nerviosa por el viaje, Águeda? —le preguntó galante.

La joven apartó de un manotazo las dudas y contestó entusiasmada.

—La verdad es que sí. Me parece todo tan nuevo…

Salvador sonrió ante su inocencia.

—Puente Viejo es un lugar muy interesante. Creo que le gustará. Su población hace honor a su nombre y parece ajena a los grandes cambios que está viviendo el mundo.

—Las cosas están cambiando en todos sitios y probablemente allí también lo hagan.

—Déjeme dudarlo. Precisamente lo que me gusta de ese lugar es que las cosas no cambian, los valores son sólidos y uno sabe a qué atenerse.

—Yo creo que si le gusta Puente Viejo es porque allí está su esposa —dijo Águeda, queriendo sacar verdad de mentira. Sin embargo, Salvador no contestó a ese comentario; en su lugar, hizo un ademán y espoleó su montura.

No entendía los cambios de humor de aquel hombre. A ratos se comportaba como un ser encantador y de pronto parecía arisco, casi violento. Puede que don Andrés tuviera razón, más le valía no bajar la guardia con él. De repente se dio cuenta de que apenas conocía nada sobre el itinerario que iban a seguir. Suponía que atravesarían Sierra Morena, pero no sabía nada sobre los lugares donde pararían las postas. Nada salvo que era un viaje de varias jornadas. Decidió preguntar directamente.

—¡Salvador! —llamó—. ¿Hay algún plan sobre las posadas donde pararemos?

—¿Tiene la señorita alguna preferencia al respecto? —contestó, sonriente y seductor.

—No me gustan esas bromas. Una dama tiene derecho a saber en qué clase de lugares va a pernoctar —le regañó ella.

—Por supuesto que sí, pero descuide: conozco todas las paradas y ventas de la zona. Me aseguraré de que una dama como usted solo conozca las más adecuadas a su rango. Tendrá sábanas limpias, libres de chinches, y lo que es más importante, dispondrá de un cuarto para usted sola, para que nadie ose molestarla. Ese tipo de establecimientos suelen ser muy ruidosos de noche.

—*Kumoo topatoo sunkutoo* —dijo de repente Kumoo.

Águeda y Salvador se quedaron de piedra al oírle: el esclavo jamás intervenía a menos que así se le ordenase. Su amo sonrió ante la ocurrencia.

—¿Qué ha dicho? —preguntó la chica.

—Kumoo dice que velará su sueño toda la noche —tradujo el militar, mientras le fustigaba en broma por su atrevimiento—. Ya te diré yo cuándo puedes hablar y cuándo no. —Y girándose hacia Águeda, añadió—: No se escandalice, Kumoo se refiere a velar fuera de su habitación. Por nada del mundo dejaría que Kumoo estuviera dentro de su habitación mientras usted duerme. Con estos salvajes nunca se está seguro, aunque este en concreto es medio hombre.

La joven se quedó dudando si lo había dicho de un modo figurado, por su condición de esclavo, o porque quizá su cuerpo no solo tuviera mutiladas las orejas. Según le había contado don Andrés, la crueldad de Salvador no tenía límites. Pero si fuera así, ¿por qué iba a guardarle fidelidad de esa manera?

Águeda había sido testigo de aquella especie de ritual que efectuó Kumoo para tratar de curar a Catalina durante su ataque. Intuyó que el esclavo era una especie de sanador y le preguntó a Salvador al respecto. Hizo estas preguntas lo suficientemente alto para que las escuchara: seguía convencida de que podía entenderlas.

Salvador mantuvo una conversación con Kumoo en un idioma desconocido para ella. Después, se acercó a Águeda para contarle divertido lo que su esclavo le había contado.

—Kumoo asegura que no es ningún brujo, pero dice que cuando su madre se quedó embarazada se acercó a su abuelo, que sí era brujo, cuando estaba a punto de morir. Por lo visto, el anciano exhaló su último suspiro en presencia de la madre de Kumoo, y ahora él dice que lleva dentro de sí el alma de un brujo. Gracioso: él no es un auténtico brujo, pero dice que lleva uno dentro.

Águeda pensó en Kumoo y le pareció aún más musculoso y fuerte que de costumbre. Estaba segura de que podría matar a su amo solo con las manos, y sin embargo nunca se rebelaba ante los maltratos. Parecía tolerarlos con paciencia. La chica no entendía el porqué.

El viaje se detuvo y Kumoo preparó algo de comida. Asó unas patatas y unas hierbas mientras Salvador buscaba algo de caza que prepararían en un pequeño fuego. Águeda ayudaba al esclavo negro y pensó que aquel era buen momento para tratar de arrancarle alguna palabra, lejos de su amo. Oportunidades de esa clase se presentarían pocas.

—¿Por qué aceptas seguir siendo su esclavo? —preguntó. Él negó con la cabeza rápidamente y bajó los ojos—. No te deja hablar conmigo, ¿verdad?

—*Kumoo dooto maariyo.* Kumoo ya no persona más.

Se resistió unos segundos, pero al fin empezó a hablar, y a través de ese lenguaje irregular y difícil de comprender, Águeda descubrió lo que realmente pensaba Kumoo. Había dejado de ser persona hacía mucho tiempo para convertirse en propiedad de su amo.

—Pero estamos lejos de Cuba. Aquí no hay esclavos.

—Kumoo esclavo amo. Lejos y aquí. Siempre. —El hombre hacía un esfuerzo para comunicarse en la lengua de Águeda.

—Eso puede cambiar. Mucha gente aquí no está de acuerdo con que haya esclavos lejos, en Cuba. —Acompañaba el discurso de gestos, pensando que así él la entendería más fácilmente. Incluso le habló de las personas que se manifestaban y recogían firmas, los de la Sociedad Abolicionista, pero al cabo fue consciente de que era casi imposible que un esclavo anulado comprendiese que unas personas acomodadas dedicasen sus esfuerzos a quejarse por su situación.

—Si trata usted de despertar el espíritu libre de Kumoo, le diré que eso es imposible. —Salvador había aparecido con un conejo recién cazado y lo arrojó cerca de ellos—. Tal espíritu no existe y si existe, está atrapado por una fuerza muy poderosa.

—Y ahí fue cuando Salvador apartó de mí la mirada y la fijó en Kumoo mientras comenzaba a juguetear con su colgante azul. El mismo que, según me contó Joaquín, debió de señalarse antes del duelo con el marqués de Albí. Y pude ver como aquello ponía en tensión cada uno de los músculos del esclavo —recordó doña Águeda.

Pepa también se tensó al escuchar la referencia.

—¿Cómo era ese colgante? —¿Cómo no lo había pensado antes?

—Una pieza cuadrada plateada con un ámbar dominicano, de color azul —comenzó a describir—, recuerdo que tenía una libélula en su interior.

Pepa adujo un malestar repentino y se fue corriendo a su cuarto. Doña Águeda, sorprendida, la dejó ir.

Ya en su habitación, nerviosa, la joven abrió un cajón y sacó sus ropas raídas y sus viejas pertenencias, esas con las que la trajeron del chozo. De su zurrón extrajo un colgante e, intrigada, analizó sus formas: no había duda, era el mismo del que le había hablado la mujer. Tenía entre sus manos el colgante de Salvador Castro.

34

El viaje continuó sin demasiadas sorpresas. Tal y como Salvador dijo, las ventas en las que pararon debían de ser de lo mejorcito de la zona: sábanas limpias y trato exquisito. Águeda supuso, acertadamente, que todos aquellos privilegios tenían mucho que ver con la generosidad con la que el militar trataba a los posaderos.

Al igual que en el cortijo de los Hernández de Valderrama, Kumoo siempre dormía fuera, en las cuadras, alejado de otros muchos viajeros, que al no tener dinero para pagar una habitación, hacían noche entre los animales.

Se trataba de los arrieros, con los que de vez en cuando la carroza de Águeda se cruzaba. Iban en grupos de unas veinte o treinta personas, a veces acompañados de un par de mulos cargados de enseres. En otras ocasiones, pocas, las más afortunadas, llevaban un carro en el que se subían algunos niños. Quién sabía la cantidad de jornadas que esos trabajadores itinerantes se hacían a pie en busca de una hacienda en la que trabajar. A pesar de la dureza de sus condiciones, en aquellas caravanas imperaba la alegría. A veces los acompañaba un músico ambulante, o un pequeño grupo de estudiantes que se dirigía a su lugar de estudios desde casa.

Las veladas con Salvador eran agradables. A su lado, Águeda se sentía especial. Era galante con ella ante los demás y le daba la sensación de que algunos de los presentes los tomaban por un matrimonio. A la joven le gustaba cuando algún posadero le preguntaba si iban a dormir juntos. Salvador siempre contestaba que no eran matrimonio, no sin antes lanzar a Águeda una mirada que la ruborizaba.

La conversación con él siempre era amena. Bebía en las cenas y la dejaba beber a ella, y luego Águeda, su vida y sus inquietudes se convertían en el centro de la conversación. El tema del que más hablaban era su título de marquesa. Salvador se solidarizaba con la situación de su familia, se interesaba por el tipo de persona que eran esos primos que le habían arrebatado el título, y más de una vez, achispado por el vino, había dejado claro que si le dejara a él meter mano en ese asunto, los Molero Mencía devolverían el marquesado pidiendo perdón de rodillas. A Águeda, achispada también por los cuartillos bebidos, parecía hacerle gracia ese tipo de soluciones. Si su padre hubiera caído antes en esa posibilidad, probablemente se habría ahorrado sus buenos cuartos con los abogados. Aun así era consciente de que todo eso no eran sino fanfarronadas y prefería no tomárselas demasiado en serio.

La primera noche, Salvador la había acompañado hasta la puerta de su dormitorio y le había besado la mano. La segunda hizo lo mismo, aunque por un momento, durante la despedida, ella tuvo la sensación de que estaba a punto de acercarse más y besarla en los labios. Fue un momento desconcertante para Águeda, que no sabía cómo actuar.

Cuando se quedaba sola en aquellas habitaciones nuevas y desconcertantes, llenas del ajetreo de los viajeros, tan diferentes a las silenciosas de su cortijo, se sentía especial. Se iba a la cama recordando los momentos vividos y las conversaciones mantenidas con Kumoo y con Salvador.

Esa sensación de que el militar había querido besarla la dejó meditabunda durante casi toda la segunda noche. ¿Y si le hubiera invitado a pasar? Hizo un esfuerzo y se quitó esos pensamientos de la cabeza. Pero era difícil… ¿Y si se dejaba llevar? ¿Quién se lo reprocharía? Salvador parecía ponerle las cosas muy fáciles. A lo mejor sí hablaba en serio cuando sugería recuperar su título por las bravas. Como don Andrés había aventurado, era un hombre sin escrúpulos. «Pero tú sí los tienes y has de mantenerlos.» Ese, se recordaba, era el motivo por el que no le había invitado a entrar... Sin embargo, antes de dormirse no pudo evitar imaginar por enésima vez qué habría pasado si le hubiera abierto la puerta de par en par.

El resto del viaje lo pasaba en la carroza, amodorrada por el vaivén de los baches y el sonido de las chicharras, excitadas por el calor. Los caminos de Sierra Morena eran tremendamente sinuosos, a consecuencia de lo cual hacía tiempo que Águeda se había desorientado.

Le había parecido presenciar alguna discusión entre Salvador y Kumoo acerca de la dirección que tomar ante un cruce de caminos, pero finalmente, claro está, se había impuesto el criterio del amo. La discusión había sido agria y Kumoo había levantado bastante la voz, aunque era imposible para Águeda saber si estaba enfadado de verdad o tenía que ver con su idioma, muy dado a ese tipo de sonidos guturales. Le extrañó el modo en que el esclavo parecía hacer frente al amo, pero lo achacó a su particular relación. Kumoo se quejaba y gritaba, mas admitía el criterio de Salvador, eso sí, muy contrariado.

La última de las discusiones se produjo en el tercer día de viaje, al divisar una venta. El esclavo no parecía entender por qué paraban allí. Y tan pronto. Según él, podrían llegar a Puente Viejo de madrugada y dormir en su cama. Pero Salvador desestimó la idea.

—¿Y despertar a todos de madrugada? No.

Al parecer, el viaje hacia Puente Viejo tocaba a su fin. Quizá por eso la actitud de Salvador cambió esa noche. Bebió más de la cuenta y la animó a ella a que también lo hiciera. Al día siguiente las cosas cambiarían. Llegarían a su hacienda y volverían a estar rodeados de gente. Esa noche era la última que realmente tenían para ellos.

Las pequeñas y veladas insinuaciones que a Águeda le habían hecho gracia en el pasado ahora la incomodaban porque eran demasiado reales. Salvador parecía pertinaz en su acercamiento. Kumoo, que por lo general cogía su cazo de comida y se iba a un rincón, lejos de las miradas curiosas del resto de los inquilinos de la posada, en esta ocasión se mantuvo cerca de ellos, sin perder detalle de lo que sucedía. De vez en cuando lanzaba miradas de apoyo a Águeda. Le daba a entender que estaba allí y que debía ser fuerte y tener cuidado. Ella lo comprendía.

Tras la cena y como todas las otras noches, Salvador la acompañó a su cuarto. Pero al despedirse, le sugirió pasar con ella a su alcoba.

—¡No! ¡Bajo ningún concepto! —dijo Águeda, sorprendida del atrevimiento—. Dice eso porque ha bebido, Salvador. Si no, no se atrevería.

—Más había bebido cuando me enfrenté en duelo al marqués de Albí y no erré el tiro un ápice —dijo divertido.

—¡Déjeme sola, por favor!

—Águeda, este viaje no tendría por qué acabar aquí, podría prolongarse toda la vida.

—Pero estás casado. ¿De qué me hablas? —Águeda no entendía sus promesas.

—Eso podría cambiar, Águeda. Depende de ti. —Ambos habían olvidado el trato, se tuteaban por vez primera.

—¿Me estás proponiendo dejar a tu esposa por mí? ¿Qué locura es esa? —dijo escandalizada ante semejante posibilidad.

—Mi matrimonio es una pantomima. Su familia me presionó. Querían separarla de un pretendiente, el heredero de los Ulloa, sus enemigos.

Águeda se quedó de piedra.

—Pero ¿qué clase de hombre eres? ¿Es que eres incapaz de sentir afecto?

—He cambiado, de verdad. Tú me has hecho cambiar. —Salvador iba tejiendo su tela de araña—. Antes era un ser rudo, insensible, pero tú has sacado a la luz facetas que desconocía. Creo que solo tú serías capaz de convertirme en alguien noble.

La joven quedó conmocionada. Estaba tentada de creerle. Necesitaba creerle. Y se dejó llevar. Bajó la guardia y Salvador la besó. Ella se dejó hacer.

—Encontraré la manera de anular mi matrimonio —le susurró.

—¿Cómo vas a hacerlo? —Iba confiando cada vez más en él.

—No lo sé, pero te aseguro que lo haré. —Ella caía; él iba ganando seguridad—. Recuperaré el título para ti. Seremos los marqueses de Aguamansas y dispondremos de un negocio próspero —dijo acariciando su pelo—. Águeda, te ofrezco todo: amor, posición y dinero.

—¿Hablas en serio? —Volvió a tensarse. De repente se le cayó la venda de los ojos y todo comenzó a encajar, como encajaban las palabras en sus traducciones de latín con don Andrés.

Claro que Salvador hablaba en serio con respecto a sus intenciones con ella. No quería una relación apasionada. Simplemente, lo quería todo. Ella conocía su historia pasada: Salvador era un hombre que había medrado a través de sus matrimonios, se había asegurado una posición económica con el primero y la había consolidado con el segundo. Ahora le tocaba subir un paso más en la escala social. Necesitaba un título. Sin duda no llegó con esa idea a casa de los Hernández de Valderrama, pero la fue madurando.

La joven se sintió atrapada. Por primera vez se arrepentía de haber iniciado ese viaje. Salvador era mucho más peligroso de lo que había estimado. No solo la deseaba, estaba dispuesto a eliminar lo que le sobrara para conseguir sus objetivos, de amenazar o quizá matar a sus primos, de encontrar la manera de deshacerse de doña Francisca Montenegro.

Cuando Salvador insistió en entrar en el cuarto, Águeda se vio obligada a forcejar con él en el pasillo para evitarlo. Y por fortuna, el paso de otros inquilinos rumbo a sus habitaciones le dio la oportunidad de zafarse de la presa y cerrar la puerta.

—Águeda —dijo Salvador desde el otro lado de la puerta, una vez se hubieron ido los testigos—, sabes que te deseo. Sabes que seremos felices. ¿Por qué me haces esto? —lastimero, prosiguió—: No me dejes aquí, por favor. Déjame estar a tu lado.

Apoyada contra la madera, Águeda derramaba amargas lágrimas y se maldecía por haberse acercado demasiado a él, por haber tenido la arrogancia de pensar que podría quedar indemne.

Al no encontrar respuesta, la súplica se convirtió en amenaza y llevado por el alcohol, su ira y su soberbia, Salvador comenzó a gritar y a golpear la puerta. Ella no sabía si debía escaparse de allí y volver al cortijo de Aguamansas. Pensaba en los negocios de su padre. De momento estaba unido contractualmente a Salvador y aquello podía romper su trato con él. Tenía que ser fuerte. Todo se arreglaría cuando llegara a Puente Viejo y encontrara la manera de volver con su padre por sus propios medios.

Pepa parecía sorprendida al comprender que Salvador no sedujo a Águeda, como pensaba. Ella misma se lo confirmó.

—Desgraciadamente, no fue así.

—Yo... lo siento —dijo Pepa avergonzada—. Pensaba que tu historia con Salvador había sido como la mía con Carlos.

—Tú sí caíste en su red de mentiras, ¿verdad?

35

Salvador acabó la noche solo y borracho; y Águeda, nerviosa y temiendo que entrara en su cuarto.

Cuando iniciaron el viaje a la mañana siguiente, la somnolencia del militar se alió con ella. La joven se sentó con Kumoo en el pescante, a las riendas de la carroza, mientras el amo dormía su borrachera en el interior. Puente Viejo no estaba lejos, y con suerte llegarían antes de que Salvador despertara.

Águeda no podía dejar de pensar en las palabras del hombre sobre solucionar su problema con doña Francisca.

—Kumoo, ¿cómo murió la primera esposa de Salvador? —se decidió a preguntar

—Ella triste. Se ahogó. —Aquella muerte por ahogamiento se tomó como fruto de la melancolía, casi como un suicidio.

Pero Puente Viejo estaba más lejos de lo previsto y Salvador despertó antes de que llegaran a su destino.

—Kumoo, ¿por dónde nos llevas? —dijo con voz aguardentosa desde el interior de la carroza.

—Por aquí más corto, amo. Puente Viejo más cerca por aquí.

—¡Maldito negro! ¡Da la vuelta! El camino por Bétera es mejor.

—Más lejos, amo. Más monte.

—¡Obedece, insensato! ¿Quieres perder la nariz además de las orejas?

Salvador parecía realmente alterado. Estaba sudoroso y pálido y despedía ese olor dulzón de las resacas. Se mostraba esquivo con Águeda, puede que arrepentido ante su desabrido comportamiento de la noche anterior. O quizá decepcionado por haber mostrado sus cartas y haber perdido la ventaja de la sorpresa.

—¡Kumoo, vamos a parar a comer! —gritó desde el interior de la carreta.

—¿Tan pronto? —Águeda habló por el esclavo, que prefería guardar silencio ante la posibilidad de una nueva cicatriz en su rostro.

—¡Tengo hambre, diablos! ¿Es que un hombre no puede comer cuando tiene hambre? ¡Para!

Bajaron y Salvador envió a Kumoo a cazar. El esclavo no sabía qué hacer, no quería dejar a la muchacha sola con su amo y también a ella le aterraba esa idea. Pero tras una terrible mirada del amo, el negro tomó la escopeta y se internó en el monte.

—Yo no tengo hambre, de verdad. ¿Por qué no seguimos camino? —preguntó Águeda, aterrada.

—¿Tú también vas a discutir mis órdenes?

—Yo no recibo órdenes tuyas. ¿Quién te crees que eres?

Por toda respuesta, Salvador levantó la mano. No supo por qué, pero Águeda no tuvo ese acto reflejo de cubrir su cara ante el manotazo que se avecinaba. La mantuvo alta y le miró a los ojos. Templada y retándole. Y él bajó el brazo.

—Tu padre me ha encargado velar por ti. Es mi responsabilidad, ¿recuerdas?

—¿Y me amenazas para protegerme? —Águeda no sabía de dónde sacaba el valor. En realidad, estaba muerta de miedo.

—Lo siento. Siento esto y siento mi comportamiento de anoche. —¿Era cierto?—. Soy un hombre con demasiadas responsabilidades, pero lo que dije sobre mis sentimientos es auténtico, Águeda. Lo hice mal.

Ella se iba poniendo cada vez más tensa. La escena de la noche anterior también había empezado con palabras tiernas, pero en un momento determinado, giró. Águeda esperaba de nuevo ese giro que le hiciera destaparse.

—Fue el vino lo que me hizo perder las formas y me arrepiento de ellas. Mucho. Pero no del mensaje... Desde que te vi, me enamoré de ti.

«Desde que te vi.» Ahí estaba el giro. Esa era la mentira.

—¿Desde que me viste? —Águeda le plantó cara—. Me vas a escuchar, Salvador. Sé lo que quieres de mí. Desde que me viste, no. Tu primer objetivo era Catalina. La creías rica, pero te enteraste de que la herencia estaba repartida entre los hermanos. Y luego te fijaste en mí —hablaba tan rápido que Salvador no podía interrumpirla—, en la posibilidad de un título. Ese es tu «desde que te vi». Y yo no seré el tercer escalón que te ayude a prosperar. Porque no te quiero.

El militar era un bloque. Hierático. Ella no sabía qué pasaba por su cabeza en aquel momento. Se creció. Pensó que apabullándolo estaría más segura.

—Me llevarás a Puente Viejo y desde allí tomaré una diligencia a casa —dijo decidida—. La amenaza de la Mano Negra, si es que existe, en realidad no es nada comparada con la tuya.

—Está bien. Si así lo quieres, así se hará —dijo con una extraña calma—. Recoge las cosas y sube al coche.

—¿Y Kumoo? —preguntó Águeda, dubitativa.

—Encontrará la manera de seguirnos. Es un salvaje. Sabe leer el rastro —afirmó mientras subía al pescante y tomaba las riendas.

Viajaron durante una hora por un camino solitario. La carroza iba lenta. Más lenta de lo acostumbrado. «Puede que Salvador esté esperando a Kumoo», pensó Águeda. Hacía un rato que le habían empezado a flojear las articulaciones. Después de la tensión de la escena reciente, se relajaba. Y comenzó a sentir miedo. Otra vez el miedo. No sabía si había hecho bien despreciando y retando a alguien tan peligroso.

El coche se detuvo. Águeda sacó la cabeza por la ventanilla y preguntó:

—¿Por qué nos hemos parado?

No hubo respuesta. Solo escuchaba el ruido de las chicharras, la manifestación sonora del calor, y algunos pájaros cantando. Aquella paz era ficticia.

Un ruido en el pescante. Águeda se encogió. Una mano invisible por la ventanilla tiró de su cuello. Un empujón brutal la derribó. Contra el suelo. De bruces.

Cuando se giró, se vio entre las piernas de Salvador. Enorme, erguido ante ella. Atrapando su cuerpo entre ellas. Él le dobló las rodillas y se sentó sobre su vientre. Tomó sus manos y las inmovilizó por encima de su cabeza. Las sujetaba solo con la izquierda, mientras que con la derecha recorría el pecho de Águeda. Lo apretaba hasta casi el dolor.

—¿Quién da las órdenes ahora? —susurraba al lado de su oído—. ¿Quién, marquesita? —dijo apretando los dientes.

Águeda perdió tensión y Salvador se confió. Relajó la mano con la que atenazaba las suyas. Lo justo para que ella, en un zarpazo rápido, le clavara las uñas en la mejilla. Fue inútil. Por toda respuesta, un puñetazo de Salvador.

—¡Estate quieta, zorra!

Sintió el sabor metálico de la sangre en su boca. Estaba conmocionada, sin fuerzas. Algo separó sus piernas y un dolor agudo y constante desgarró sus entrañas. Gritó. El dolor disminuyó levemente. Miró al cielo. Intentaba llevar su mente lejos, a otro lugar. Las hojas de los árboles se mecían con la pesada brisa del verano.

Y entonces empezó a murmurar.

—¿Qué dices, puta? ¿Pides más? —Salvador interrumpió su jadeo animal, pero Águeda no le escuchaba. Como un rezo siguió repitiendo:

—Noli me tangere, noli me tangere…

Las hojas de los árboles tenían dientes de sierra. No le gustaban. No le gustaban esos árboles. Odiaba los olmos. A partir de entonces odiaría los olmos y los dientes de sus hojas que atraparon su grito de dolor.

—Noli me tangere, noli me tangere…

Y todo desapareció en la acuosa amargura de sus lágrimas.

QUINTA PARTE

36

—No sé si debería haberte contado todo esto, Pepa —dijo doña Águeda, arrepentida—. No creo que sea agradable averiguar que no has venido al mundo como resultado de un acto de amor. Pero puedo asegurarte que aunque no hubiera amor en tu concepción, sí lo he tenido por ti toda mi vida.

—Me duele más que hayas sufrido reviviéndolo —intentó consolarla Pepa—. Mi madre, Josefa, nunca me contó nada sobre mi padre. Mi infancia pasó en un mundo de partos donde los hombres sobraban. La puerta se cerraba con ellos fuera. Para ella eran torpes y brutos. Así que yo no me formé ningún tipo de esperanza sobre mi padre. Josefa era cruda y no maquillaba la realidad, probablemente este carácter que tengo lo haya aprendido de ella.

Doña Águeda la acarició y Pepa prosiguió.

—El silencio era la respuesta siempre que le preguntaba por mi padre y hasta que me hice mayor no me contó la historia del buhonero del carromato, así que la realidad no es muy diferente a lo que ella misma me contó como cierto.

Al despertar, Águeda sintió las grandes manos de Kumoo limpiándola. No sabía cuánto tiempo llevaba allí. Salvador no estaba.

Cuando apareció por fin solo ordenó:

—Cuida de ella y haz que esté disponible para seguir el viaje.

Ninguna referencia a su acto reciente.

El resto del viaje fue un infierno. Se sentía presa de la fiebre y notaba el rostro hinchado a causa de los golpes. Ignoraba cuándo llegarían a Puente Viejo.

El carruaje se detuvo, pero no en su destino, sino en mitad de un camino.

—Ayúdala a bajar —le ordenó a Kumoo.

La joven vio llegada su hora. Era fácil hacerlo allí. Era fácil no dejar ninguna huella. La hizo caminar por un bosque, sin duda buscando un sitio seguro para cometer su crimen.

Aterrada, miró a Kumoo, esperando su ayuda. Este adivinó lo que pensaba y la tranquilizó.

—Ya no más malo —murmuró.

—¡Silencio! —impuso Salvador.

Águeda lo vio: un pequeño barracón, oculto entre las rocas, en una zona escarpada y bastante inaccesible. El lugar perfecto para esconder material de contrabando, un refugio de matuteros.

—Ya hemos llegado —aclaró el hombre—. Esta será tu nueva casa. Kumoo te vigilará —dijo mientras la ataba.

—¿Cuánto tiempo señora aquí? —preguntó el esclavo.

—Siempre —dijo Águeda.

—¡Calla!

A Salvador no le gustaba que una víctima, alguien a quien con su fuerza había reducido hasta convertir en alguien inferior, le replicase y le plantase cara. Sus miradas se cruzaron por primera vez, las dos cargadas de odio.

—Esto no quedará así. Mi padre romperá el pacto contigo, acabarás en la cárcel y arruinado. Todo el mundo sabrá la clase de persona que eres. Tu esposa y todo Puente Viejo…

Antes de que Águeda pudiera seguir, el militar la golpeó de nuevo, haciéndola callar. Kumoo no se atrevió a intervenir.

—Tu padre no se enterará de esto aunque tengas que pasarte el resto de tus días aquí.

—*Kaaloo haramuu jonyaa* —protestó Kumoo—. Ella no esclava.

Salvador ni siquiera contestó.

—Volveré a traeros provisiones —dijo mientras se marchaba.

Cuando estuvieron solos, Águeda le suplicó a Kumoo que la liberara.

—Tú no eres como Salvador. Tú no estás de acuerdo con esto.

El negro sufría ante la petición de ayuda de Águeda, pero no movió un dedo para desatarla. Se limitó a mirar al frente, inmóvil, tratando de simular que no le afectaban sus súplicas.

—No pasará nada, *jenke*. No será como la primera esposa del amo Salvador.

Fue una noche larga…

A la mañana siguiente, Kumoo le preparó una especie de gachas. Hambrienta tras no haber probado bocado desde su salida de la venta, no les hizo ascos.

—Kumoo culpable amo hizo daño *jenke*.

—No estabas allí —le tranquilizó Águeda.

—Sí estaba, *jenke*. Kumoo miedo.

Ella supo que a pesar de su fuerza jamás se enfrentaría a su «amo». Tal vez estaba en su destino ser esclavo.

—Kumoo llevó *jenke* Cristina con amo.

Con aquel lenguaje impreciso le daba a entender que Salvador había asesinado a su primera esposa, la madre de Carlos, y luego arrojó su cuerpo al mar para simular un suicidio.

—¿Por qué le obedeces?

El esclavo, culpable y sin emoción, le aclaró a Águeda que no le quedaba más remedio que hacerlo.

—No tengo… *niyo*.

—¿*Niyo*?

Él se llevó la mano al pecho y le aclaró que todo el mundo tiene *niyo*: ella, Salvador, los animales, las plantas, incluso el sol. Eso es lo que hace que las cosas se muevan y actúen. Cuando morimos, nuestro *niyo* perdura y aconseja a las personas que vienen.

—¿Alma? Te refieres al alma.

—Amo tiene *niyo* Kumoo.

Le explicó que él antes era un hombre fuerte. Como ya le había dicho a lo largo de aquel viaje, sentía que tenía dentro el alma del abuelo de su madre, un hombre capaz de sanar. Lo que no contó entonces era que Kumoo debía llevar esa alma a Fatafinduu, a su hogar, a África, de donde vino, y que solo allí lograría convertirse en un hombre santo, un hombre que cura. Por eso no dejaba de escaparse. Su obsesión era huir de las plantaciones, pero no para unirse a los palenques de las montañas, como hacían los otros cimarrones libres. Él sabía que tenía que embarcarse para África.

Una y otra vez lo habían atrapado cuando trataba de colarse en un barco, por eso a la tercera huida mandaron a Salvador tras él, para que lo devolviese vivo o muerto. Y a él se le ocurrió la trampa de enviar sus orejas y contar que había muerto.

Dio igual, estaba dispuesto a ir a África incluso mutilado, y escapó de Salvador Castro. Su *niyo* sería feliz allí aunque estuviera dentro de un cuerpo sin orejas. Pero el militar lo atrapó y decidió cortar por lo sano: sabía que el problema de Kumoo era su alma, así que se la robó. Pagó a un brujo abakúa y este le mantuvo atado durante cinco días y cinco noches, dándole a tomar solo agua emponzoñada. Él intentó resistirse a su magia, pero su alma aún no había aprendido, así que al final de esos cinco días exhaló su alma y el brujo la guardó en un frasco.

—Un alma no se puede guardar en un frasco, Kumoo —dijo Águeda.

—*Niyo* de Kumoo sí. Yo *kairaba* Kumoo.

«Kumoo» significaba «libélula» en su lengua, era su animal. Cuando ya no podía más, exhaló su alma en forma de libélula. El brujo abakúa le dio a Salvador la botella con su alma, aún revoloteando, y este encargó guardarla en una joya azul, de la que nunca se separaba.

Entonces Águeda lo entendió todo: Kumoo estaba convencido de que su amo tenía encerrada su alma en aquella joya, y por eso le obedecía ciegamente. El colgante azul en el cuello de Salvador era para el esclavo los grilletes de su alma.

37

Kumoo podía apreciarla, pero no la dejaría escapar. Aun así, ella no podía dejar de intentarlo. Águeda mantuvo con el negro una actitud cordial y consiguió que la desatara. No tuvo que hacer mucho esfuerzo, aquel hombre también le inspiraba confianza. Pero a pesar de la simpatía todo formaba parte de un plan.

En cuanto vio a Kumoo dormido, en la siguiente noche, se levantó. Lo hizo con mucho cuidado, muy despacio. Sabía que era un hombre de selva, alguien que estaba siempre alerta y que a pesar de carecer de orejas conservaba intacto el oído. Por eso los movimientos de Águeda fueron premeditadamente lentos. Tanto que la pobre temía que se le hiciera de día sin haberse alejado lo suficiente de él. A pesar de todos sus cuidados, hizo ruido, algo inapreciable para cualquiera salvo para Kumoo.

Al ver que lo había despertado, Águeda comenzó a correr por zonas escarpadas, tratando de alejarse lo suficiente, pero el esclavo parecía volar tras ella. Nunca había visto tal agilidad. Era un cazador africano, un hombre libre, a pesar de que su alma estaba atrapada en el ámbar azulado de un colgante.

El único aliado de la joven era la oscuridad: Kumoo podía saltar y correr mucho más que ella, pero antes tendría que averiguar dónde estaba. De pronto Kumoo se detuvo y ella aprovechó la pausa para retomar la carrera. Solo tenía que bajar las rocas y correr entre los árboles. Si lograba avanzar en línea recta por donde había venido, daría con el camino.

Este pensamiento fue el último que cruzó por su cabeza cuando cayó entre las rocas.

Despertó a la mañana siguiente y una vez más, como la mañana en que Salvador abusó de ella, lo primero que vio fue a Kumoo limpiándole las heridas. La había llevado de vuelta al cobertizo, aún no sabía cómo, y había vendado sus heridas con mimo.

—Kumoo lo siente. Kumoo no puede dejarla escapar, *jenke*. Aunque yo muera...

Águeda vio la herida en la pierna del esclavo. El dolor debía de ser muy intenso, pero no se había quejado lo más mínimo; parecía más preocupado en curar sus pequeñas magulladuras, sus rasguños. Se ofreció a curarle, pero Kumoo se negó.

—¿Cómo diste conmigo?

—Familia de cazadores.

Kumoo le explicó que hay que esperar a que la presa venga a ti. Aguardar, agazapado, protegido por la naturaleza. Silencioso. Por lo general, la presa tiene hambre. La presa llega al cazador y este la atrapa, a no ser que el cazador se asuste y su miedo le haga visible.

Tras curarla, el esclavo hizo un ritual de saludo al día. Kumoo le explicó a Águeda que esas montañas eran como las montañas de su pueblo. El anciano que le dio su alma vivió en el continente negro, pero él no lo había visto nunca.

—¿Sabes que ahora estás muy cerca de África? —le reveló Águeda—. Podrías escapar e ir allí. La magia de Salvador no llegaría tan lejos.

Kumoo sabía que no podía hacerlo.

—El viaje es largo para un hombre sin alma —dijo justo antes de tensarse y darse la vuelta hacia la puerta, todos sus sentidos en alerta—: ¡Amo Salvador se acerca! ¡*Jenke*, cabaña!

Tal y como prometió, el militar volvía con víveres para varios días. Algo había cambiado en él, parecía presa de un extraño nerviosismo. Águeda lo recibió con odio en su mirada y en sus palabras.

—¿Cómo ha podido besar a su esposa y a su hijo después de lo que ha hecho? —Regresaba la distancia en el trato: en ese «usted» no había respeto alguno, solo la expresión de un abismo enorme entre ellos.

—¡Vaya, marquesita! ¡Esperaba otro trato! —sonrió, cínico—. Está claro que aún no puedo sacarte de aquí. Me decepcionas. Por cierto, estás horrible. No le gustarías ni a un cabrero.

Águeda parecía aliviada. Al menos así no volvería a acercarse a ella.

Afortunadamente, no reparó en la herida de Kumoo. Salvador no solía fijarse en su esclavo, apenas lo miraba sino para reiterarle una orden.

—Kumoo, vamos fuera. Quiero hablar contigo —ordenó.

Águeda intentó escuchar, pero solo podía oír los ruidos del bosque. Si lograse escaparse, no huiría. Mataría a Salvador.

Kumoo volvió solo, y la desató. El otro ya se había ido.

—Amo Salvador tardará días. Si amo no viene, Kumoo buscar comida. *Jenke* atada si Kumoo fuera, dice amo. Ha asegurado que puede ver en su colgante lo que Kumoo hace y que le castigará si le desobedece.

—Pero... ¿y si no vuelve?, ¿y si tarda meses en regresar?

—Ha dicho yo destruyo tu alma si Kumoo deja escapar *jenke.* —Y eso era lo peor que podía sucederle. El negro ni siquiera era dueño de su alma.

Una mañana Águeda despertó y descubrió a Kumoo concentrado. Parecía estar rezando. Después de aquello, el hombre volvió a la cabaña.

—Kumoo habla con espíritus. Kumoo esclavo, *jenke* no esclava Kumoo. Kumoo no puede tener esclavos. Espíritus dicen *jenke* libre. *Jenke* ir.

«¿Eso es todo? —pensó Águeda—. ¿Así de fácil?»

—Kumoo, ven a casa conmigo. Mi padre te protegerá —le ofreció.

Pero el esclavo temía que Salvador estuviera en Aguamansas. De ser eso cierto, ella debía tener cuidado.

Kumoo no huyó. La dejó escapar. Le dijo que fingiría que había sucedido por su torpeza. Salvador le pegaría mucho, pero si no huía y se mostraba sumiso, no lo mataría. Quizá el amo creería que ella había escapado sin su ayuda. Después de todo, un hombre sin alma no podía desobedecer.

El esclavo la acompañó hasta el camino. Águeda le abrazó agradecida y él le devolvió el abrazo. Ambos fueron sinceros.

38

Por fortuna, no pasó mucho tiempo antes de que Águeda se encontrara con alguien por el camino. Había andado todo un día y parte de la noche. Estaba rendida. El agua de la calabaza que Kumoo le había dado se había agotado hacía tiempo. Casi creía ya que moriría perdida en aquellos montes... cuando escuchó un cántico lejano. Eran voces juveniles, que parecían cantar alegres.

Por honra de Sant Antruejo, parémonos hoy bien anchos,
embutamos estos pancos, recalquemos el pellejo,
que costumbre es de concejo que todos hoy nos hartemos...

Águeda siguió el sonido de los cantos y se aproximó al fulgor de una lumbre. Y entonces los vio: se trataba de un grupo de unos veinte arrieros, con sus carros y sus mulas, con sus esposas e hijos, acompañados de una comitiva que aprovechaba su ruta para viajar protegidos... Una caravana similar a la que había visto en alguna de las ventas.

Se acercó a ellos sin ser descubierta y los observó. La oscuridad parecía haberlos asaltado lejos de una fonda y se disponían a hacer noche allí, de modo que habían encendido unas fogatas y calentaban algo de comida mientras un grupo de jóvenes estudiantes amenizaba con sus canciones.

¡Bebe, Bras! ¡Más tú, Beneito! ¡Beba Pedruelo y Lloriente!
¡Bebe tú primeramente; quitarnos has dese preito!
En beber bien me delito: daca, daca, beberemos, que mañana ayunaremos.

Águeda, desfallecida, caminó hacia ellos, interrumpiendo el canto.

Pablo, uno de los estudiantes cantarines, se acercó a ella y se presentó, en plan seductor. Era un caradura que pretendía seducirla aprovechando su debilidad. Águeda se dejó enredar por su juego y le acompañó a su hoguera, donde el estudiante pretendía invitarla a su bota de vino.

Una mano huesuda sujetó a la joven, que se alarmó al creerse descubierta.

—¡Suéltala, sopista!

Se giró y descubrió a *la Candelaria*, Josefa Balmes. La reconoció de inmediato. Las dos mujeres se abrazaron y Águeda, sintiéndose salvada por fin, se derrumbó en sollozos ante la perpleja mirada de los arrieros. Josefa la llevó a un sitio seguro —lejos de los sopistas— donde poder reconfortarla y ayudarla a recuperarse del viaje.

—Josefa, ven conmigo a casa. Te lo suplico —rogó Águeda.

—No, niña —contestó dulce—. Para una partera es mejor moverse sola sin tener que depender de nadie. Es cierto que en Aguamansas siempre me han tratado bien y le tengo querencia, y aunque no te parí, te tengo cariño. Te acompañaré un trecho, pero es un camino que harás sola a partir de cierto momento.

No hizo falta que Águeda le contara nada. Josefa le hizo las curas y al momento comprendió lo que Salvador le había hecho: reiteró su promesa de no separarse del grupo y llevarla a casa de su padre.

Se inició de este modo un período de breve tranquilad para Águeda, que viajó como una más en este grupo de errantes.

Aquella comitiva era una pequeña comunidad que vivía con lo puesto, durmiendo en los establos o en los pajares de las ventas, y donde muchas de las propiedades se compartían. No dejaba de tener gracia que en medio de los caminos, en esas circunstancias tan dramáticas y particulares, Águeda diera con una de esas sociedades mutualistas que tanto habían fascinado a su padre.

Don Alonso era precisamente una de sus mayores preocupaciones. Águeda lo había visto muy desmejorado antes de marcharse y temía que las novedades que traía le alarmaran aún más. Estaba pensando en ocultarle lo sucedido no por proteger a Salvador, sino por no hacerle más daño a su padre.

Por otro lado, había nacido en su interior un sentimiento que nunca había experimentado con esa intensidad: un odio feroz hacia Salvador. Para conciliar el sueño, pensaba en su muerte. No una cualquiera, sino lenta y dolorosa.

Se decía que eran solo fantasías motivadas por su rencor, pero si hubiera tenido oportunidad de acabar con él, en aquellos días, sin duda lo habría hecho.

Una de esas noches, en el calor de su tienda, Josefa le dijo a Águeda que pronto tendría que separarse de los arrieros: en breve la joven habría de tomar su propia ruta, la que la llevaría al cortijo de Aguamansas. Águeda ya sabía que se acercaban: reconocía los campos de cultivo como tierras parecidas a las de su comarca.

—Antes de llegar quiero examinarte, niña —le dijo la partera—. Llevas días sintiéndote regular y yo tengo un mal pálpito.

Y aquel pálpito se hizo real. Tal y como Josefa sospechaba, Águeda estaba embarazada de Salvador.

—¿Y qué le digo ahora a mi padre? —Se le vino el mundo a los pies.

—Sintiéndolo mucho, niña, en eso no puedo ayudarte —dijo la partera—. Pero sí te prometo una cosa. Cuando la necesites, la Candelaria estará contigo.

39

Conforme se acercaba a los montes de su infancia, en los alrededores del cortijo de Aguamansas, Águeda pudo notar como brotaba en ella un sentimiento que hacía tiempo había olvidado. Se llamaba alegría. Cierto era que todo aquel paisaje había cambiado desde la última vez que lo vio: lo que antes eran cultivos de cereales y remolacha eran ahora olivos de diferentes tamaños, que se preparaban para convertirse algún día en árboles que dieran fruto. Aun así era su hogar y ella estaba de vuelta.

Sin embargo, al llegar al cortijo percibió cambios más preocupantes. Faltaba algo. Había demasiado silencio, todo estaba demasiado quieto, los jardines descuidados y la fachada de la casa, a lo lejos, sin encalar. Faltaba la vida. La única actividad que percibió fueron unos hombres sacando unos libros en un carro. Cuando se acercó a ellos, Carmelo se sorprendió al verla.

—¡Águeda! ¡Has vuelto! —le dijo tomando su cara entre sus rudas manos—. Pensábamos que ese canalla te había hecho algo. Ese malnacido de Castro.

«¿Malnacido?», aquello no se lo esperaba.

—¿Qué ha hecho? —Águeda temió que su violación y secuestro hubieran llegado, por fanfarronada del personaje, a oídos de su padre.

—Don Alonso está arruinado por su culpa —dijo triste.

—¡Mi niña! —La joven giró la cabeza y vio a su padre. Un escalofrío la detuvo en seco. Estaba más delgado, en su cabeza no quedaba ni un cabello que no fuera completamente blanco y su postura, antaño erguida, había cambiado por una ligera curvatura en su espalda. Y su mirada. Estaba feliz de ver a su hija, sin duda, pero parecía estar dirigida a un sitio muy lejano, y alrededor de su iris, un velo grisáceo empezaba a ganar terreno al color avellana de sus ojos.

—¡Padre! —Se abrazó a él y se apenó profundamente al sentir ese olor que todos adquirimos con los años: el olor de la vejez—. ¿Qué ha hecho Salvador? ¿Qué me dice Carmelo?

—Estás bien, hija mía... Durante todo este tiempo Castro nos había asegurado que estabas a salvo, acogida por su familia —dijo compungido—. Pero yo no sabía qué pensar después de su ruptura del pacto. ¿Por qué te dejé ir con él? ¿Por qué? —se torturaba.

—Pero ¿por qué ha roto el pacto, padre?

—¿No te llegaban noticias a la casona de Puente Viejo, mi niña? —preguntó sorprendido, y Águeda prefirió, de momento, omitir datos sobre su estancia en aquel cobertizo. Su padre estaba desorientado y no confiaba mucho en cómo podía afectarle esa noticia. Tampoco confiaba en que saber de su embarazo no fuera a desestabilizarle—. Cánovas ha destituido a Martínez-Campos —le dijo.

—¿Y qué tiene que ver eso con nosotros?

—Salvador basaba su negocio en los apoyos y descuentos arancelarios que pensaba obtener de sus contactos en el Gobierno. Las cosas han empeorado para él. Se rumorea que con este cambio se iniciará el proceso de abolición de la esclavitud.

Ahora comprendía el nerviosismo de Salvador en su última visita al cobertizo.

—Yo ya no sé qué pensar. —Paranoico o quizá lúcido, don Alonso desgranaba sus sospechas—. Puede que ni siquiera posea un ingenio azucarero en Cuba. Creo que lo único que pretendía era ser un intermediario y llevarse un porcentaje indecente de los beneficios de ambas partes. Y yo he hipotecado todo lo que teníamos para iniciar este negocio.

La compra de los nuevos olivos y la construcción de la almazara, ahora interrumpida, supuso un gasto inasumible y ahora don Rafael le reclamaba el dinero prestado, a pesar de que él fue quien le empujó a pactar con Salvador. Finalmente, Hernández de Valderrama era el gran beneficiado de toda aquella situación.

—Padre, habrá que hablar con don Rafael para aliviar los pagos de los plazos.

Pero don Alonso se negaba a salir de casa. Águeda pidió la ayuda de Sara para convencerle, y ni aun así lo consiguieron.

—No ha salido de aquí desde que tú te fuiste con ese hombre, niña —le confesó Sara—. Casi ni se cambia de ropa. Me cuesta un triunfo que lo haga y otro que se lave. Se está dejando ir, Águeda.

Y la joven decidió tomar las riendas de la casa. Alguien tenía que hacerlo.

—¡Padre! ¡Tienes que levantarte y acompañarme! —ordenó decidida.

—¿Para qué, María Antonia? ¿Dónde quieres que vayamos? —Por un momento don Alonso confundió a su hija con la que fue su esposa, y la chica acusó el golpe. ¿Tan mal estaba su padre?

Pese a todo consiguió sacarlo de casa y su llegada a El Sotillo creó cierta expectación. La propia Catalina salió a recibirla y la condujo al salón, con una cordialidad que Águeda sabía forzada tras el distanciamiento entre ellas. Para su sorpresa, su piano de cola Erard estaba allí, perfectamente arreglado tras el ataque de la Mano Negra. Era parte del material embargado por don Rafael como pago por las deudas de su padre, junto con los libros y parte de los muebles que habían sido de la familia de su madre desde hacía generaciones.

—Siéntete como en casa —le dijo cínica.

Impactada por ese abuso, Águeda decidió obviar las palabras de aquella niña malcriada que una vez fue su amiga y centrarse en hablar con don Rafael para reprocharle la presión a la que estaba sometiendo a su padre.

—Son negocios —dijo él, sin ningún atisbo de piedad.

—Antes de los negocios está la amistad —protestó ella—. Usted ya tiene suficiente dinero. No entiendo por qué ahoga a mi padre con sus reclamos y embargos.

—Una fortuna no se mantiene perdonando deudas.

—Lo sé. Se hace robando a los demás. —La rabia la hacía fuerte y madura—. La responsabilidad de la deuda contraída por mi padre también recae sobre Salvador. Es él quien ha roto su pacto imposibilitando toda recuperación. Es a él a quien hay que reclamarle.

—Yo no soy responsable de eso. Ni siquiera somos socios. Salvador Castro solo fue un cooperador necesario, pero los olivos que ha plantado tu padre crecerán y darán su buenos cuartos, como la nueva almazara, que será rentable… si algún día la terminan. —Y rio cruel.

Don Alonso no reaccionó ante este desprecio.

—Usted encontró la manera de sacar tajada de todo esto. Sabía que ese hombre no era de fiar y a pesar de eso embaucó a mi padre. —Águeda tenía que manejar aquello sola y lo iba a hacer con uñas y dientes.

—A tu padre le perdió la ambición. Quería dinero para recuperar tu título a toda costa, y no valoró los riesgos.

—¡Basta, por Dios! —dijo de repente don Alonso—. Solo necesito un poco de tiempo. ¿Es que no puede haber paz entre estas dos familias?

—¡Por fin una idea sensata! —dijo Catalina—. Padre, sumémonos a esos buenos deseos. Déjame invitarlos a la próxima fiesta. Probablemente, Gonzalo Mesía pedirá mi mano y me gustaría que estuvieran presentes en ese momento tan importante.

Era obvio que lo único que pretendía era dejar claro ante Águeda lo bien que le iba a su familia en comparación con la desgracia de la suya.

—Encantados, Catalina —dijo sonriendo, de todos modos—. Será un placer conocer a tu prometido lo antes posible, no sea que antes se muera de viejo.

40

Por supuesto que iría a la recepción. Águeda recurrió a uno de los vestidos de su madre: aún los guardaba y eran más anchos, disimularían la hinchazón de su vientre. Su padre la esperaba al pie de la escalera.

—Esta noche estás preciosa, María Antonia…

—Soy yo, padre, Águeda. —Pero cada vez parecía más ido.

Aun así, razón no le faltaba: la joven estaba espectacular. Nada más llegar a la recepción en El Sotillo, un caballero de unos cuarenta y tantos años, bastante bien parecido, se acercó a ella.

—Permítame alabar su belleza, señorita —dijo galante—. Es usted preciosa. Su porte encaja a la perfección con la hermosura de la noche y del entorno, parecen hechos el uno para el otro.

Águeda se sintió halagada por la atención del caballero y rio para sus adentros. ¡Cómo no! Los muebles que la rodeaban eran de su madre. Estaban hechos para ella, efectivamente. Pero cuando iba a responder, apareció con cierta urgencia Catalina, con uno de sus vestidos de antaño. ¿Tenía algún límite aquella arpía?, se preguntó.

—Águeda, quiero presentarte a Gonzalo Mesía —dijo apoyando la mano en el brazo del caballero que la había piropeado.

—Un placer, señor Mesía.

Tendió su mano y él la besó con una ligera reverencia. Gonzalo Mesía no era tan mayor como ella había pensado. Después de todo, Catalina sería afortunada si lograba casarse con él. Ella no tendría esa fortuna. Cuando se supiera de su embarazo, llegaría el turno de rumores y maledicencias y no habría manera de encontrar un marido adecuado. Debía afrontar esa realidad.

—¡Amigo Mesía! Veo que ya ha sido presentado a mi socio y a su hija. —Don Rafael se acercaba con los brazos abiertos hacia su futuro yerno—. Las cosas no les van muy bien últimamente, le confieso, pero la amistad es la amistad y es de buenas personas hacer obras de caridad —dijo confidente al oído del caballero. Águeda pensó para sí que si la hija carecía de límites era porque evidentemente había tenido un buen maestro.

—Don Rafael sabe muy bien lo que mi familia ha perdido durante todos estos años... Se lo ha quedado él —dijo Águeda con todo el veneno que podía poner en aquellas palabras, pero sin perder un ápice de su sonrisa.

Gonzalo Mesía rio con ganas ante el descaro y la valentía de aquella hermosa muchacha, y don Rafael tuvo que tragarse aquel sapo y mantenerlos a ella y a su padre en la fiesta, aunque hubiera deseado patearlos fuera de la casa. Para evitar que subiera más el nivel de reproches, Hernández de Valderrama se llevó a su invitado de honor.

—Tienes razón. Y no me duele que opines así —susurró Catalina—. De ese modo sufrirás más cuando tarde o temprano logre quedarme con todo lo que una vez fue tuyo. —Se giró y cuando empezaba a caminar, volvió sobre sus pasos—. Por cierto, una pena lo de don Andrés, ¿verdad? Me refiero a que no estuvieras presente cuando lo ajusticiaron. Siempre te pierdes las cosas más interesantes...

«¡Monstruo!», pensó Águeda. Miró a su alrededor: los muebles, el piano, el vestido, los cuadros... Incluso reconoció la vajilla de su madre en la mesa de los aperitivos. Todo su pasado, desaparecido entre las manos de los Hernández de Valderrama. No respetaban ni la memoria de su maestro. Rabiaba por dentro y empezó a tramar una venganza.

Catalina se sentó al piano y comenzó a tocar. Quería sorprender a Gonzalo Mesía con sus aptitudes.

—Mi difunta mujer era una virtuosa —confesó melancólico Gonzalo Mesía, que había escapado de la presa de don Rafael y había logrado acercarse de nuevo a Águeda—. ¿Usted también sabe tocar el piano? —le preguntó—. ¿Nos deleitaría con una pieza?

—Preferiría no hacerlo —contestó humilde.

—¡Vaya! Pero veo que sí lee a Melville, ¿verdad? —adivinó Gonzalo.

Bartleby, el escribiente era uno de los libros que estaban en la biblioteca de su padre y, efectivamente, ella lo había leído al poco que su traducción se editó en España, pero no esperaba que Mesía reconociera la referencia. Y aquello empezó a darle una idea.

—Águeda también hace sus pinitos en poesía —dijo astuta—. Deme un momento, señor Mesía. Seguro que estará encantada de deleitarle. Hace un tiempo escribió un poema para usted.

Se dirigió al piano y buscó entre las partituras mientras decía:

—Catalina, Gonzalo me ha insistido en que le hace mucha ilusión escucharte recitar. —La que en otro tiempo fue su amiga se quedó pálida—. Estaba por aquí… Dame solo un segundo.

—¿Qué pretendes? —murmuró la otra entre dientes, tensa.

—¡Aquí está! —Puso la partitura de *Las Indias galantes* en el atril—. ¡Vamos, lee! El señor Mesía quiere escuchar lo que un día escribiste para él. No se lo vas a negar, ¿verdad? Sería muy descortés.

La hija de don Rafael se dio cuenta de la encerrona que Águeda le estaba tendiendo. Miró el texto: eran apenas doce versos. Podía leerlos sin problema. Tenía que hacerlo, para salir del paso y demostrarle a Águeda su superioridad frente a ella. Y lo iba a hacer a lo grande.

Pidió silencio y se puso a declamar. Leyó un verso, dos, tres… Al cuarto un tic comenzó a sacudir su ojo, pero continuó. Águeda se separó de ella. Sabía lo que iba a ocurrir. La otra siguió leyendo. En el sexto verso su mandíbula comenzó a tensarse, lo que provocó la extrañeza de Gonzalo. Se atascó en el octavo y su cabeza se sacudió con violencia, pero había hecho de aquello una cuestión de orgullo: terminaría de leer ese texto en voz alta. Don Rafael y el resto de los invitados se acercaron a ella cuando comenzó a sacudir el brazo que sujetaba el papel.

En un último esfuerzo, Catalina leyó los versos finales del poema, que no llegó a completar. Antes de hacerlo, cayó al suelo víctima de uno de sus ataques. Don Rafael, horrorizado al pensar en la imagen que estaban dando, ordenó a los criados que llevaran a su hija a su aposento y trató de justificarse ante Gonzalo Mesía, que le restaba importancia al asunto. Sin embargo, sabía que todo había cambiado, que sus planes de boda se acababan de frustrar.

Para don Rafael solo había una culpable. Se acercó a Águeda y fue tajante: exigió su dinero o embargaría todo.

La inminente pérdida del cortijo de Aguamansas anuló a su padre. Ya no se quería levantar de la cama y cada vez eran más frecuentes las ocasiones en que la confundía con su madre. Durante sus escasos momentos de lucidez, se empeñaba en insistir en que los tiempos no habían cambiado como él hubiera querido.

—Veo que este mundo empieza a pertenecer a gente como Salvador Castro y seguirá, con toda seguridad, perteneciendo a sus herederos —dijo un día—. Y yo ya no tengo fuerza para vivir en un mundo así. Estoy muy cansado.

Al escuchar eso, Águeda se llevó la mano al vientre. ¿Se habría dado cuenta? Don Alonso se limitó a mirarla a los ojos y colocó una de sus manos sobre la de ella, ambas en contacto con su vientre:

—Lo que más me preocupa es a qué mundo traemos a Águeda —dijo sumido ya en la nebulosa de su mente enferma.

Emocionada, ella no le sacó de su error. Su padre estaba perdiendo la conexión con la realidad y en parte se sentía culpable de ello: tenía que hacer algo. Debía encararse con el auténtico responsable de su situación, debía forzarle a asumir los gastos que él había provocado y sacarlos de la lamentable situación económica en la que se encontraban.

«Y si de paso —pensó cargada de rencor— puedo hacerle pagar parte del mal que me hizo, mejor»; estaba decidida a revelar públicamente el daño que le infligió y a exigir que pagase por ello. Una vindicta pública, como en más de una ocasión le había explicado el pobre don Andrés, refiriéndose a sus admirados antiguos romanos.

41

—Pepa, las cosas pueden cambiar mucho en veinte años —le decía doña Águeda a su hija—. La plaza del pueblo de ahora no tiene nada que ver con la que yo me encontré aquel día en que bajé de la diligencia y pisé Puente Viejo por vez primera, ocultando como podía un embarazo ya más que evidente.

—¿Han cambiado más cosas? —preguntó Pepa.

—¡Claro! La actual posada de los Ulloa, por ejemplo, no era sino un tugurio de mala muerte. —Recordó doña Águeda como ante su puerta un grupo de soldados daba buena cuenta de unos cuartillos de vino, y lo asombrada que se quedó al reconocer a uno de ellos, como llegado de otro tiempo…

—Joaquín, ¿eres tú?

El muchacho había cambiado mucho. En unos meses, su estancia en el ejército le había curtido mucho más que varios años trabajando de sol a sol en el cortijo. Y, por supuesto, había ganado en atractivo. Se había convertido en un hombre. Él reaccionó con sorpresa al verla.

—¿Qué se te ha perdido en Puente Viejo, Águeda? —le preguntó directo.

—Vengo a aclarar unos temas con Salvador Castro.

—¡Salvador, qué hombre! Pensaba que me iban a mandar a Cuba, pero él se las ha apañado para que me quede aquí, con un destacamento bajo su cargo. —Aquellas palabras destilaban una equivocada admiración hacia el responsable de todos sus males. Y Águeda prefirió callar la traición que ese individuo había hecho a su familia, y por supuesto, lo que le había hecho a ella.

Le preguntó por él, para informarse de las actividades de Castro.

—Hace poco que vino de viaje. Negocios, supongo —le reveló Joaquín—. Ahora prepara el cuarto cumpleaños de su hijo pequeño, Tristán.

—Una fiesta magnífica, sin duda —le tiró ella de la lengua, interesada.

—Sí, con todo tipo de invitados. Ya sabes… Los Castro Montenegro aprovechan ese tipo de eventos para mostrar su poderío al resto de las familias poderosas de la comarca.

Por supuesto, Águeda acudió a la fiesta unos días después.

Antes de atravesar la puerta que daba acceso a la finca se quedó anonadada al ver el lema que se encontraba en la entrada, forjado en hierro. Tal y como don Rafael y su padre comentaron, la frase «El que toma no ruega» daba la bienvenida y describía a la perfección el carácter de Salvador. Un escalofrío recorrió la espalda de Águeda mientras pasaba por debajo de él.

Efectivamente, allí estaba todo el mundo y el movimiento que provocaba el cumpleaños del pequeño Tristán le facilitó a Águeda el paso de incógnito, pero aún tenía que superar un último escollo antes de entrar en la casona. El mozo que atendía a los caballos de las diligencias no era otro que Kumoo, vestido con un uniforme que le daba un aspecto más sumiso que de costumbre.

Al verle, la joven ocultó su rostro para no ser descubierta. No dudaba del aprecio del esclavo, y precisamente por eso no deseaba meterle en problemas. El sombrero de su madre —ahora solo vestía con ropas de ella— le permitió ocultar su cara, pero al pasar junto al negro, este se giró como si esa presencia femenina llamara la atención de su espíritu de cazador.

Águeda logró llegar hasta la recepción que se desarrollaba en el gran salón principal. No pudo fijarse en los detalles de la decoración porque algo llamó su atención. Allí estaba ella: la famosa doña Francisca Montenegro, una mujer imponente, sin duda. De una belleza serena, pero con una fuerza indiscutible. Águeda se sintió culpable por lo que iba a hacer, pero no le quedaba más remedio que revelar qué clase de hombre era Salvador, y cuantos más testigos hubiera, mejor. Además, conociendo la manera de hacer las cosas del militar, quizá estuviese salvándole la vida a aquella mujer.

Durante un momento tuvo la sensación de que la mirada de doña Francisca se cruzaba con la suya. Sin duda había detectado a una extraña en su fiesta. Tenía que sacar fuerzas de su interior y actuar ya.

Cuando se disponía a intervenir, una mano le tapó la boca y la retuvo. Sin que los otros invitados se diesen cuenta de lo sucedido, dos brazos fuertes sacaron a Águeda del salón y la llevaron a un rincón más discreto.

—Joaquín, ¿qué estás...? —preguntó, aún con el corazón golpeando en su pecho, pero antes de poder acabar la frase, él le propinó un fuerte bofetón que casi le hizo perder el sentido. Conmocionada, notó como el que había sido su amigo la cargaba al hombro y la sacaba a la fuerza de la casona.

Enredada en la bruma de la semiinconsciencia, Águeda se preocupó por primera vez del hijo que llevaba en su vientre y se arrepintió de haber puesto en peligro su vida. Cuando comenzó a ver más claro, miró a su alrededor: debía de encontrarse en las cuadras. Joaquín estaba frente a ella; caminaba nervioso de un lado a otro. Junto a él, otro soldado parecía vigilar que ella no se moviera. Su rostro le era familiar: esos labios extremadamente perfilados le recordaban algo.

—Joaquín… —balbuceó.

—¡No hables, ramera! Tenías que venir aquí para tratar de hundirle, ¿verdad? —le gritó. En eso se había convertido, en un servil matón con uniforme al servicio de Salvador Castro—. Sospeché de ti en cuanto te vi aparecer por Puente Viejo. Él ya nos advirtió de que esto podía pasar, ¿verdad, Salazar? —preguntó al otro soldado.

—¿Por qué haces esto? Mi familia siempre os trató bien. A ti y a tus padres. —Águeda no entendía aquella traición.

—¿Bien? Me cansé de limpiar la mesa de otros, de aguantar ese aire de superioridad y soportar esa mentira de que tú y tu padre nos habéis ayudado. —Le escupió a la cara todo su odio.

—¿Y crees que Salvador te ayudará?

—Él me ha enseñado a luchar.

—Mi padre buscó a alguien que te enseñara a leer.

—¿Cómo has llegado aquí? —Una voz que conocía, que odiaba, interrumpió la charla: Salvador Castro se acercó a ella con la mirada inyectada en rojo—. ¿Tantas ganas tienes de hundirme? Has pecado de osada. Ahora tu vida ya no tiene valor. El pacto con tu padre, desgraciadamente, se ha roto.

Águeda lo sabía: ese hombre había tomado todo lo que le interesaba de los Mesía. Ya no tenía que mantenerla viva; de hecho, su vida suponía para él una amenaza.

—¡Cerdo! —La joven le dio un sonoro bofetón. Se sentía con fuerza renovada por el odio, por la desesperanza, pero Joaquín la golpeó y se vio de nuevo en el suelo. Apartó la cara cuando sintió sobre su rostro la mano de Salvador, acuclillado junto a ella.

—Iba a dejar que Joaquín se ocupara de ti. Pero ahora lo haré yo mismo.

La tomó por un brazo y aunque ella luchó por zafarse, al poco acabó a lomos del caballo negro. Cerca y por vez primera, la chica vio en los ojos de Joaquín algo parecido a un destello de aquel que había sido antaño.

—¿Qué va a hacer con ella? —En su voz se notaba la duda, el miedo. Salvador se volvió hacia él y escupió al suelo antes de contestarle.

—Voy a acabar con ese bastardo.

42

Cuando llegaron a su destino en lo profundo de un bosque cercano a Puente Viejo, Salvador la empujó al suelo desde lo alto de su montura. Aquello era una atrocidad, pero si iba a acabar con lo que Águeda llevaba en su vientre, mejor empezar a hacerlo ya.

La joven reaccionó rápido. Acopió fuerzas y entre jadeos se incorporó y salió corriendo tan rápido como sus piernas le permitían.

«No acabará contigo, lo juro», se repetía una y otra vez mientras huía, volaba entre los árboles, volviendo la cabeza atrás una y otra vez. La desesperación le dio alas y sorprendentemente logró escapar de Salvador y esconderse tras un árbol. Quizá se lo había permitido él mismo, jugaba con ella, el cazador y la presa. Intentando moderar su respiración, acarició su vientre. Hasta ahora había visto su embarazo como una consecuencia de su pecado, de la arrogancia y la imprudencia que le habían hecho acercarse a aquel demonio. Ahora eso no le importaba. Estaba dispuesta a lucha a muerte por ese niño.

Salvador la acechaba, seguro de su superioridad, casi divertido con ese juego tan infantil del escondite.

No la pillaría. Haría lo que fuera por sobrevivir. Y de pronto recordó las palabras de Kumoo. No debía tener miedo. Debía dejar que la presa llegara a ella, agazapada, camuflada en la naturaleza. Y cuando la presa llegara…

Águeda tomó un tronco que la suerte puso a su alcance. Lo blandió con fuerza y escuchó. Cuando intuyó que su perseguidor se acercaba, salió de su escondite y miró a Salvador a los ojos: parecía seguro de sí mismo, sonreía. Aquello le resultaba absurdo: inimaginable que esa mujer fuera capaz de golpearle. Los ojos de Águeda reflejaban un odio de siglos.

Y golpeó. Con todas sus fuerzas. La ira acumulada la hizo casi invencible y certera. Fue a la cabeza. Escuchó el crujido de la corteza astillándose, y algo, no supo qué, voló por el aire.

Conmocionado, Salvador se dobló y una sangre oscura y viscosa empezó a caer sobre la hojarasca. Primero unas gotas, luego un poco más. Y Águeda volvió a golpear. A su lado, el colgante azul con el alma de Kumoo. Salvador intentó alcanzarlo, pero Águeda fue más rápida que él y de una patada lo mandó lejos de su alcance.

Él se levantó y se repuso. Su camisa blanca se manchó de rojo y Salvador volvió a sonreír, seguro de que todo aquello había sido un pequeño accidente.

—¡Muérete de una vez! ¡Vete al infierno! —La rabia le quemaba y de la boca de Águeda salió una voz que costaba reconocer como suya.

—Ya he estado allí… Y no me terminó de gustar lo que vi. —Tenía ánimo para escupir otra de sus bromas. Esta vez, con una pronunciación burbujeante y sanguinolenta. Avanzó hacia ella, la cogió del brazo y sacó su puñal. Era un monstruo embadurnado en su propia sangre, dispuesto a cobrarse una nueva víctima.

Sin embargo, el puñal no se hundió en el pecho de Águeda. Salvador, perplejo, abrió los ojos sorprendido al notar una fuerza que lo separaba de la mujer y tiraba de él hacia atrás.

Kumoo se rebelaba contra él.

—Suéltame. No sabes qué haces —dijo incrédulo.

—Tengo mi alma. *Nna niyo!* —En efecto, en la mano aferraba como un tesoro el colgante azul, lo sujetaba con fuerza. Liberado de la esclavitud, Kumoo no dudó en arrojar a Salvador cuesta abajo.

Luego tomó a Águeda de la mano y se la llevó lejos, tratando de dejar atrás al que fue su amo. Ella apenas podía andar. Su vientre le dolía. Y llevó su mano a él. Kumoo la miró y se dio cuenta en seguida de lo que le sucedía.

Pronunció una palabra ininteligible mientras tocaba su tripa.

—Sí, estoy embarazada.

La miró con ternura.

—¡Gracias, *jenke*! Amo Salvador malo. *Jenke* quitó *niyo Kumoa* Salvador.

—Tu *niyo* no es de nadie, Kumoo. Es tuyo —le dijo—. Eres libre. Puedes hacer lo que quieras.

Kumoo se acercó y puso el colgante alrededor del cuello de Águeda.

—¡No, no puedo cogerlo! —Sabía lo que significaba aquel gesto—. Es tu alma. Es tuya.

Kumoo le aclaró o ella creyó entender que una vez se perdía el alma no se podía recuperar y meterla otra vez en el cuerpo. Su alma había salido de él para siempre. Pero si una persona buena como ella la tenía, su alma no iría al infierno.

—Ahora *jenke*, huye. Si *jenke* dice, Kumoo para amo Salvador. Kumoo defiende *jenke*.

—¿Qué? —Águeda no entendía lo que quería decirle.

—*Jenke* ahora ama Kumoo. Kumoo dice Kumoo para Salvador. Kumoo protege *jenke* y su hijo.

—No puedo, Kumoo. No eres un esclavo.

—Sí. *Jenke* hará por vida dentro de ti. —El hombre tocó su tripa—. Ordena a Kumoo proteja esa vida.

—Protege esta vida, Kairaba Kumoo, te ordeno que la protejas… siempre —dijo Águeda con lágrimas en los ojos.

Kumoo la miró fijamente y asintió en silencio.

43

Doña Águeda trató de continuar, pero no pudo. Delante de ella, Pepa, conmocionada, le mostraba un colgante azul con la figura de una libélula. El alma de Kumoo.

—Dios mío, es el colgante de Kumoo. ¿Cómo ha llegado a ti?

—Para mí, este siempre ha sido el colgante de Flora.

—¿Quién es Flora?

—La primera vez que la vi, las dos estábamos en una celda. Allí me dio este colgante. No estoy muy segura de quién es, la verdad. Solo sé que, a partir de entonces, Flora ha aparecido en mi vida en los momentos en que la necesitaba. —Doña Águeda no se atrevía a interrumpir aquel relato—. Si no fuera porque puedo tocar este colgante, pensaría que Flora es cosa de mi imaginación. Pero de una cosa estoy segura: este colgante siempre me ha protegido.

—Kumoo me está obedeciendo desde entonces. —La mujer comenzó a llorar en silencio—. Cumple su palabra. No sabes lo culpable que me sentí cuando lo perdí. Fue en casa de los primos de mi madre, los Molero Mencía, en la Media Legua, cuando fui a buscarte. Las riadas se habían llevado medio pueblo, y con ellas había desaparecido toda la familia en la que creía que te encontrabas tú..., Alba.

—Me hablaron de esas riadas —dijo Pepa, sin reaccionar ante ese segundo nombre—. Fueron devastadoras.

—Yo caminaba desesperada por las calles, con el agua por la cintura, sin encontrar nada. Pero aun así seguía buscando. No recuerdo exactamente lo que pasó, pero en un momento dado pisé en falso y todo mi cuerpo se hundió. Cuando Gonzalo y su hijo Olmo me sacaron de allí, ya no tenía el colgante. Lo había perdido. Pero aún peor, había perdido la esperanza de encontrarte con vida.

—Es tuyo. —Pepa le tendió el colgante.

—No, Pepa. Ahora es tuyo. Kumoo estaría feliz de que tú lo tuvieras —dijo rechazándolo—. El pobre Kumoo…

Kumoo se giró para asegurarse de que Águeda tomaba el camino adecuado para llegar al pueblo. Cuando comprobó que ella no se perdería, encaminó sus pasos para hacer frente a Salvador y sus hombres. Joaquín y Salazar ya habían llegado junto a él y le asistían en sus heridas.

—¡Quiero a esa puta y a ese negro! ¡Traédmelos! —clamaba con unos gritos entrecortados por la hemorragia que el golpe le había provocado.

En su huida, ella vio como Kumoo esquivaba a los dos hombres, que se movían a caballo, torpes entre los árboles. Sus giros y sus saltos los mantuvieron entretenidos el tiempo suficiente para que ella se salvara, pero cuando el esclavo dedujo que ella estaría a salvo, bajó los brazos y le rodearon.

Afectada por la suerte de su liberador, Águeda continuó subiendo las rocas que la separarían de sus captores, mientras escuchaba los gritos de los soldados, los disparos… Apretó los ojos, pensando que Kumoo había muerto. Se sentía una cobarde por haberlo dejado morir, pero tenía un motivo más importante que su propia vida para seguir adelante, para sobrevivir.

Llegó a la cima y se giró de vuelta: el esclavo aún estaba vivo, pero lo tenían cargado a la grupa de uno de los caballos, maniatado. Tendían una soga alrededor de su cuello. Estaban dispuestos a colgarlo de la rama de un árbol.

—Es una pena que no hayas sobrevivido unos meses —le decía Salvador. A lo lejos, Águeda no podía oírlo—. Lo suficiente para ver como esos liberales prohíben la esclavitud. Mala suerte para ti.

—*Niyo* de Kumoo no es suya. Es de *jenke*. Vida de Kumoo tampoco. No podéis matar a Kumoo. —Con una sonrisa cruel entre los labios, el soldado Salazar tiró de la soga y al poco el esclavo dejó de respirar. Sereno. En silencio. Sin el menor aspaviento.

44

—Y yo no pude hacer nada para evitarlo —dijo doña Águeda.

—Una muerte sobre la conciencia pesa tanto como el plomo. E igual te hunde, tira de ti hacia abajo —respondió Pepa.

—Gloria, ¿verdad?

—Le pedí hasta la saciedad que me avisara con los primeros dolores. Estaba de siete meses y cuando por fin mandó a su otro hijo a buscarme, los dolores del parto ya eran muy intensos. Para cuando llegué a la casa, ella ya estaba al borde de la extenuación y lo primero que me dijo es que no tenía dinero para pagarme. Le dije que eso no importaba, que lo que teníamos que hacer era traer a ese niño al mundo. Y entonces los vi: los moratones en los brazos.

Y Pepa recordó. Lo recordó todo de nuevo, con doña Águeda como testigo del dolor, del miedo:

Gloria no sabía de qué eran esos cardenales, pero la partera tenía un mal pálpito al respecto. Con calma, examinó la colocación del niño y confirmó que su posición era correcta, pero que la parturienta no había dilatado. Su pulso estaba muy acelerado, aunque lo peor era que estaba sangrando: aquella mujer iba a parir sin dilatación, los dolores serían horribles. Mientras Pepa pensaba eso mismo, Gloria comenzó a gritar y la partera se temió lo peor. Sabía que podía pasar, esa extraña sensación la acompañaba desde que supo de aquel embarazo, ya en el primer trimestre, por eso le insistió tanto en que la avisara.

—Se lo dije —repetía a doña Águeda—. Le dije que me avisara con los primeros dolores.

Pepa había tenido suerte como partera, aunque ya sabía que tarde o temprano alguna mujer moriría en sus brazos. La Candelaria se lo advirtió; Teófila se lo advirtió. Por eso convenía estar preparada para todo, incluso para sacar al niño abriendo la tripa si hacía falta, y ella sabía cómo hacerlo. Lo malo, lo peor, es que aquello era una condena a muerte para la madre: sabía que Gloria moriría, casi todas mueren en esos casos y con ese pulso tan acelerado, ella no sería la excepción. Se desangraría.

Sin embargo, el niño que la había mandado llamar, el otro hijo, estaba esperando fuera y tenía la edad de Martín. No podía dejarle sin madre. Debía salvarla, salvarlos a ambos: a ella y al niño que venía. Pero con esa dilatación no podría sacarlo.

—Le dije que me escuchase —revivió la escena frente a doña Águeda—, que tenía que empujar. Lo único que podía hacer en ese momento era animarla.

La sangre comenzaba a mancharlo todo y al ver que necesitaba más paños, rasgó las sábanas. Debía evitar que se diera cuenta de lo que pasaba. Tenía que intentar que diera a luz antes de que se debilitara, antes de que perdiera la esperanza. Por su parte, Gloria hacía lo que podía, pero estaba agotada. Empujaba, lloraba, pero no podía hacer nada para sacarlo. Se estaba desangrando.

Pepa, empapada en sangre, decidió comprobar algo. Sacó el estetoscopio y lo situó sobre el vientre de la madre. Sintió el pulso del niño, muy acelerado: estaba sufriendo y había que sacarlo ya.

Gloria estaba pálida. Tenía los ojos apenas entreabiertos, Pepa ni siquiera sabía si aún la oía y tiraba de la criatura con las dos manos.

—Le repetía: «Vas a salir, Martín… Vas a salir». —Pepa tenía los ojos llenos de lágrimas—. Pero no había esperanza y yo no sabía qué hacer...

Gloria había perdido el sentido, ya no empujaba aunque seguía sangrando. Iba a morir. El niño estaba colocado, demasiado. Ya no podía hacer cesárea, tenía que tratar de sacarlo con los fórceps. «¡Debería haberlos usado antes!», se dijo; le hubiera dado una mayor posibilidad al niño.

Sujetó la cabeza. Solo esperaba que no hubiera nada que complicara aún más las cosas. Algo como que el cordón umbilical estuviese alrededor del cuello. Pepa ya no pensaba en la madre, no podía perder el tiempo comprobando si estaba viva o muerta. Una cosa sí sabía segura: si seguía perdiendo sangre, no iba a vivir.

Ya vería cómo se lo contaba a Martín.

Pero ese niño de ahí fuera no era Martín. Y el niño que intentaba sacar ahora tampoco. El parto de Martín fue muy sencillo. Este no.

La cabeza salió, no tenía el cordón alrededor del cuello, gracias a Dios, pero tampoco sentía que el niño respirara. No importaba, debía seguir. Eso no era determinante. Tenía que sacarlo del todo y limpiar las vías respiratorias.

—Y al fin pude sacarlo.

Era como Martín... pero sin vida. Todos los niños que había sacado habían sido como Martín, pero la mayoría estaban vivos, y Martín no. Quizá el hijo de Gloria sí lo estaba. ¡Tenía que reanimarlo! ¡Tenía que salvarlo!

Pepa llevó la boca a la nariz del niño y aspiró. Escupió en el suelo el líquido oscuro que acababa de sacar de sus pequeños pulmones. Repitió la maniobra. Con fuerza, pero con cuidado, hasta que sus pulmones quedaron limpios. Le dio la vuelta y sacudió sus nalgas, pero el niño no lloraba. Colocándolo de nuevo en la cama, intentó reanimarlo. Lo había hecho antes, con otros niños. Ignoraba que la madre no respiraba y por segundos creyó oírla a su lado: «Tiene que salvarlo. Tiene que salvar a Martín. ¡Tiene que salvarlo!».

—¡No puedo salvarlo! ¡No puedo! —Pepa lloraba en brazos de doña Águeda y la mujer la dejó llorar.

—Sácalo, mi niña. Saca todo ese dolor —le repetía suave, como un mantra. Pepa fue calmándose y cuando la mujer le preguntó si prefería parar, se limitó a negar con la cabeza.

—Ahora sé que estaba como ida, recuerdo que decía cosas sin sentido: «Esta vez no me lo quitarán. No me quitarán su cuerpo». Quizá por eso no se me ocurrió otra cosa que envolver al niño en una manta y ocultarlo entre mis ropas. Y salir. Salir de allí corriendo y desaparecer del mundo con el cuerpo del niño... Con el cuerpo de mi niño.

Pepa corrió por las calles de Puente Viejo, llorando, apretando aquel cuerpecito inerte contra el suyo, para que nadie lo viera. Corrió hasta llegar al bosque. No sabía cuánto tiempo había corrido. Tampoco cuánto estuvo quieta, apoyada contra aquel árbol, abrazada al cadáver. Ese cuerpo era lo único que necesitaba. No precisaba comer ni beber. Pasó abrazada al niño varios días, hasta que en algún momento se dio cuenta de que debía enterrarlo.

Arañó la tierra con las manos. El niño necesitaba una tumba de verdad, en la tierra, un sitio donde ir a hablar con él. Pepa lo enterró y lloró sobre su tumba. Abrazó el montículo y se dispuso a descansar allí, para siempre. En paz.

Días después, cuando ella ya no era capaz de distinguir noche y día, sueño y realidad, aquel cabrero pasó por allí.

—El resto puedes imaginarlo. —Pepa se volvió hacia su madre—. No quiero vivir sin Martín —lloraba—. Eso es lo que me pasa: no quiero vivir si mi hijo no vive.

Doña Águeda la abrazó.

—Lo sé. Yo tampoco quería vivir sin ti... Pero al menos tuve la suerte de poder despedirme.

45

Águeda llegó por fin a casa, sana y salva. El estado de don Alonso no dejaba de empeorar y ya solo Sara y Carmelo permanecían en la finca, fieles al cuidado del patrón. El resto había abandonado la hacienda. La muchacha no tuvo valor para contarles nada de Joaquín. Desde luego, no debían saber en qué lo había convertido Salvador.

Aquel nombre la aterrorizaba. Sabía que si llegaban a sus oídos noticias de la debilidad de su padre y de la falta de protección de la casa, iría a por ella. Don Rafael, don Julio, la Guardia Civil y el resto parecían haber dado la espalda a aquella familia que se diría condenada a arruinarse y desaparecer. No contaban con más protección que la de Carmelo, e incluso él necesitaba ayuda: algunas noches, Águeda se despertaba antes de que rayara el alba para liberarlo de su labor de vigilancia. Sentada en una butaca, en la entrada de la casa, se aferraba a la escopeta y se preparaba para hacer frente a Salvador en caso de que apareciera.

No fue su figura la que vio llegar un día, entre la bruma matutina. Era pequeña y encorvada. En aquel momento, Josefa Balmes era la mujer que más necesitaba ver en el mundo.

La Candelaria alivió los dolores de don Alonso y le hizo mejorar con sus hierbas, pero aseguró que si había ido hasta allí era para otra cosa más importante: siempre había mostrado una habilidad única para presentarse en los hogares cuando las embarazadas estaban a punto de alumbrar.

El parto fue sencillo. Josefa decía que todo el dolor que debía pasar al dar a luz, ella ya lo había sufrido con creces antes. La criatura que nació fue hermosa y sonrosada. No tuvo ninguna duda sobre el nombre que debía ponerle.

—Se llamará Alba —dijo Águeda en cuanto vio su cara.

—Esta sí será mía —respondió la partera, cómplice, mientras anudaba el cordón umbilical.

Sin embargo, una sombra sobrevolaba la dicha: Águeda sabía que aquel lugar no era seguro y que Salvador no toleraría la existencia en el mundo de un bastardo suyo. Una vez más necesitaba la ayuda de Josefa.

—No puede quedarse aquí. Él la encontrará y la matará, tienes que llevártela —le dijo a la partera.

—¿Adónde?

—Mis primos en la Media Legua, los Molero Mencía. No me quieren, pero no la rechazarán. Saben que están en deuda conmigo. Les escribiré una carta para explicárselo todo.

Josefa aceptó a regañadientes, como hacía siempre.

—No me gusta llevar cargas —dijo la partera. Aunque cedió enseguida: lo haría como un favor personal.

Respecto al contenido de la carta a los Molero Mencía, era claro y sencillo. Águeda se comprometía a poner fin a sus pleitos por el título del marquesado de Aguamansas a cambio de que cuidaran de su hija un tiempo prudencial, hasta que la amenaza de Salvador se diluyera.

Como si intuyera la separación, la pequeña comenzó a llorar y su madre la acunó contra su pecho al tiempo que tarareaba una vieja canción que había aprendido muchos años atrás.

Duerme en mi pecho, mi pequeña.
Son los brazos de tu madre,
cobijándote con amor,
un nido para tu sueño.
No temas el silbido del viento,
son las hojas golpeando la puerta.
No temas al rugir del mar,
son las olas que besan la orilla.

La partera las miraba a ambas. Sonreía.

Doña Águeda había comenzado a cantar para Pepa. No con la mejor de las voces, es verdad, pero sí con una tierna, mucho más joven de lo que cabría esperar, y la joven se emocionó al escucharla. Aquella melodía parecía despertar algo en sus recuerdos, era una llave en su memoria, la confirmación de que el relato de aquella mujer era completamente cierto.

Miró a doña Águeda y su memoria le fue dictando las palabras.

Duerme, cariño mío, no hay nada que temer aquí,
mientras descansas sobre mi pecho,
los ángeles sonríen, no tengas miedo.
Los ángeles te protegen… hasta el alba.

Cantó las últimas estrofas con doña Águeda, que la miraba sorprendida, con los ojos cuajados de llanto.

—Con el sueño del cansancio después de traerte al mundo, Josefa se te llevó. Y yo te perdí.

La última frase fue apenas un susurro.

46

Desde el momento en que se separó de su hija, la vida de Águeda fue una larga espera.

Aguardó el ataque de Salvador durante semanas, quizá meses, y a pesar de que algunas noches, durante su turno de guardia, vio la presencia de un hombre a caballo y embozado rondando el cortijo, ese ataque nunca se llegó a producir. Puede que Salvador también temiera: temía que ella volviera a Puente Viejo, temía al fruto de su pecado. Quizá la falta de movimiento le hizo pensar que había perdido al niño. Lo cierto es que aquel jinete que intuía entre la niebla dejó de aparecer cuando una nueva persona comenzó a visitar el cortijo de Aguamansas.

Se trataba de Gonzalo Mesía. Todavía había algo que le interesaba en Acatucia, y ya no era Catalina Hernández de Valderrama. Ni que decir tiene que después del ataque que Águeda le provocó, había pasado a ser persona non grata en El Sotillo y no volvieron a invitarla a aquella casa. Ni a ella, ni a su padre. Ni tampoco a Gonzalo. No es que a él le importase mucho: al menos en aquella recepción había conocido a aquella muchacha tan contestataria en la que puso todas sus expectativas. Lo que sucede conviene.

Águeda comenzó a reconocer en Gonzalo a un ser cariñoso y atento. El hombre perfecto que se desvivía por hacerla feliz y por que ella le correspondiera. Aun así, una parte de su corazón estaba muerta. Murió el día que Alba desapareció.

Sus condiciones para aceptar el matrimonio fueron claras: debía aceptar a Alba como su propia hija y asegurar la protección contra Salvador. La mujer estaba ansiosa por recuperar a su hija. Había escrito a sus primos anunciando su inminente visita para recuperar a la pequeña, y forzó a Gonzalo a hacer un viaje acelerado, en el que también los acompañó Olmo. Sin embargo, al llegar allí descubrieron que el agua se lo había llevado todo: la casa de los Molero Mencía, como tantas otras, desapareció en la riada de Santa Teresa.

—El agua ahogó algo más que el colgante de Kumoo, ahogó la esperanza de dar contigo —le decía doña Águeda—. Si no fuera por el nunca suficientemente agradecido tesón de Olmo, ahora no estaríamos hablando. Y si no fuera, claro está, por Josefa Balmes —agregó.

—¿Cómo acabé con ella? —preguntó Pepa.

—Todos estos años he tenido una sospecha: la Candelaria se presentó en la casa de los Molero Mencía como mi enviada. Algo debió de intuir, y se te llevó. Puede que porque te supusiera en peligro o porque pensaba que ella te protegería mejor. O simplemente porque pensaba que esa niña era más suya que de ellos, y porque debía considerar que después de haber traído al mundo tantos niños, se merecía al menos el poder criar uno. El caso es que el que ella te robara salvó tu vida: si no hubiera sido así, habrías muerto arrastrada por las aguas. Y sé que tal vez debería odiarla, debería estar enfadada con ella porque podía haber venido a buscarme, a devolverme a mi niña… Pero hoy creo que no había otro modo y que el destino tiene sus vueltas. Es extraño, pero por ella solo siento gratitud. Otra vez el destino. Si el destino nos ha separado, ha sido por algo.

—Y si nos ha vuelto a juntar, también lo ha sido —concluyó Pepa.

—Sí. Ya tengo a mi hija conmigo.

La joven mantuvo el abrazo; luego, al rato, tomó las manos de su madre y la miró a los ojos.

—Madre —dijo por primera vez—, tengo que irme. Usted ha hecho su viaje. Usted me buscó. Y me ha encontrado. Ahora yo tengo que hacer el mío. Debo encontrar a Martín. Tengo que confiar en el destino y creer que algo o alguien ha podido cruzarse en su camino y ha podido salvarle.

—Pero yo me he pasado la vida buscándote. Confiaba en poder disfrutar el tiempo que me queda contigo.

Doña Águeda se quedó contrariada. Estuvo tentada de pedirle que se quedara, pero de pronto pensó: se vio a sí misma más joven, determinada a emprender un viaje para recuperar a su hija. ¿Podía impedirle ella que hiciera lo mismo?

—Búscalo o vive con la esperanza de encontrarlo, pero no vivas con la amargura de haberlo perdido. O de no haber hecho todo lo posible por dar con él. Ve. Yo te estaré esperando.

—Y yo volveré, madre. Volveré con él.

Doña Águeda la miró a los ojos. Sonreía.

—Lo sé, Alba. Lo sé.

47

Una tarde, en un paisaje cuajado de nieve, doña Águeda contempló la figura poco frecuente de una mujer caminando sola por un sendero, ascendiendo lenta pero segura. Observó orgullosa la partida de su hija Alba. O como prefería llamarla, Pepa. Iba a recorrer el mundo haciendo lo que sabía hacer: traería a más niños a la vida, mientras buscaba a su hijo Martín.

Era su destino. Tenía que seguirlo.